想找的人不在

右耳的厨房

右耳 著
Youer zhu

北京时代华文书局

图书在版编目（CIP）数据

想找的人不在 ：右耳的厨房 / 右耳著. -- 北京 ：北京时代华文书局，2017.3
ISBN 978-7-5699-1370-5

Ⅰ. ①想… Ⅱ. ①右… Ⅲ. ①故事—作品集—中国—当代 Ⅳ. ①I247.81

中国版本图书馆 CIP 数据核字（2017）第 011924 号

想找的人不在 ：右耳的厨房

Xiang Zhao de Ren Buzai:Youer de Chufang

著　　者｜右　耳

出 版 人｜王训海
选题策划｜高　磊
责任编辑｜余　玲　高　磊
装帧设计｜天行健设计　段文辉
责任印制｜刘　银　訾　敬

出版发行｜北京时代华文书局 http://www.bjsdsj.com.cn
北京市东城区安定门外大街 136 号皇城国际大厦 A 座 8 楼
邮编：100011　电话：010-64267955　64267677
印　　刷｜北京顺诚彩色印刷有限公司　010-69499689
（如发现印装质量问题，请与印刷厂联系调换）
开　　本｜880mm×1230mm　1/32　印　张｜7　字　数｜132 千字
版　　次｜2017 年 1 月第 5 版　印　次｜2017 年 5 月第 1 次印刷
书　　号｜ISBN 978-7-5699-1370-5
定　　价｜42.00 元

自序：我的交代

要出书了，编辑说，写个自序给我。磨磨蹭蹭好些天，也想不出写什么好，厚着脸皮给出版界前辈发私信：要不找那谁谁谁帮忙作序？前辈回，还是你自己来吧，谁还能比你自己更了解自己呢？

我真的了解自己吗？或者说我了解的那个真实的自己，值得你掏钱买下这本书，耐心读完吗？如果说，隐忍、执着、坚持是现代主流价值观推崇，并以此塑造出女性楷模的标签，那我的散漫与自由无疑是与之对应的反面教材。

我不是一个对人生有计划的人，包括这本书的缘起，也是一次无心插柳的偶然。2014年春天的一个夜晚，我一边守着炉火上咕噜作响的桃胶银耳羹，一边随意拍了几张照片，编排成菜谱的形式，发送到朋友圈。短短几分钟，收获了无数评论和点赞。闺蜜、作家洁尘留言说，快做个公众号写写美食吧。

2014年公众号向大众推出的时间不长，很多人并不了解它，我也一样。但或许是做过多年纸媒编辑的原因，我感觉到，对于个人而言，公众号的形式感更类似一本电子书。正如前面提到的，我这样一个毫无抱负和远大理想的人，来这世上走一遭，怕是也留不下任何东西给后人为念吧？如果有一天家族的后辈们能拿出一个电子设备（那时候手机还存在吗？），翻出某个内容说："看，这是我家祖上谁谁谁写的美食。"是不是一件很有意思的事呢？

我对厨房的热爱与生俱来，那些被很多女人反感的油烟味从未让我厌烦过。我喜欢做菜，童年时围着灶火炉膛等待食物出锅的场景，依旧历历在目。很多时候，厨房是除书房之外让我安宁的所在，无数困扰我的人生诘难总是在烹饪食物的过程中迎刃而解。我一直试图搞明白造成这种结果的原因，却又总是不得其解。直到有一天一个朋友告诉我，修行中有"动禅"的说法，就是指一个人在运动中完成修心，使其安宁。严格意义上讲，我在厨房里的动并非"动禅"所谓的动，但它起到的作用，在处理食材的过程中，挥刀舞铲的一瞬间，的确让我宁静心安。这份安宁的气氛也吸引了朋友们到访流连，相当长的时间，我的厨房成为各类朋友的倾诉室，在一道道美食下肚之后，他们敞开心扉畅所欲言，直至深夜，吐槽完各种狗血事件、生活压力，他们心满意足拉开房门走出去，继续迎接更多的狗血和无限的压力。

美食脱离了人，从来不会单独成立。一道美食之所以让人念念不忘，除了与这道菜本身的味道有关，更与这道菜引起的记忆有关，与谁一起吃的这道菜，什么场景下吃的，那天都发生了什么？美食与厨房相关，厨房与女人相关，而女人与故事相关。家族中对吃最讲究的是我的奶奶，这个酒馆老板的女儿对食物极其挑剔和认真，我把她的故事写进了《瞎子的预言》里；《花娘娘要捉盗肠贼》是朋友妈妈的故事；《新股民的水煮鱼》是一个闺蜜的故事；《想找的人不在》是上海姆妈的故事；还有很多是我自己的故事。

公众号写了两个多月后，有记者登门采访，问：为什么你的照片总是给人岁月静好的感觉，你在日常生活中也是这样精致吗？我想了很久，不知如何作答。岁月真的有那么静好吗？《简·爱》里有句对白：人活着就是含辛茹苦。

我在美学上的启蒙也是源自我的奶奶。每当想起她，她的形象总是与一束十三太保（剑兰）共同浮现。那是成都夏天常见的花，被花农捆成束夹在自行车后座上推到菜市场兜售，奶奶买完菜后，总会顺便带一束回家。与很多现代人买花是一种仪式相比，上世纪七十年代，奶奶买花的习惯就像人要喝水一样自然。在那些夏天的午后，五岁的我躺在竹席上，望着五斗橱上白瓷花瓶里的十三太保发呆，那粉红色花束在绿叶衬托下呈现的美好感受植入我的基因，在随后的人生中，对美的敏锐不断修饰着我的生活。所以，通常我们理解的某个人在某件事上的刻意为之，其实只不过是他或她的日常。

这本书的出版，得以于洁尘最初的提议，如果没有她的那句话，就没有“右耳的厨房”这个公众号；感谢刘丽华老师的厚爱和推荐；感谢编辑高磊老师；以及广州的蔡静。更要感谢我的家人，谢谢他们无数次扮演“小白鼠”试吃我不按牌理做的各种菜式，至今他们还健康地活着，真是我的幸运。还有很多在写作过程中无私提供各种专业支持和精神鼓励的朋友们，在此一并谢过。蔡琴在一首歌中唱道：人生，原来就是和一些人一些事相遇的过程。其实美食，又何尝不是与一些人一些事相遇的过程呢？

右耳

2017年4月

目录

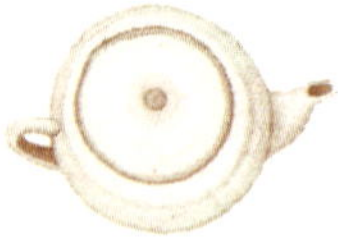

不过只是一碗面

第一章

想找的人不在

八月里的某一天，我搭乘早班飞机，从北京飞往上海，参加闺蜜女儿的百日宴。那一天北京晴空万里，上海阴云密布，台风将于傍晚登陆，大雨将至。

午饭后闺蜜要回公司开会，我没约任何人见面，但决定跟她一起出门，想趁她开会的时候去找一个人。

闺蜜开车带着我，穿过狭窄的街道，经过梧桐树下身穿白色西装，口袋里插着花手绢的年轻男子，最后把车停靠在长乐路的公司楼下。我下车向她挥了挥手，朝着乌鲁木齐路方向走去。

我曾经在这一带生活了七年，直到五年前的夏天彻底离开。七年间我以每隔两年多换一次住宅的频率在长乐路附近的几条马路上挪移，看人来人往，朋友们来来去去，最后两年搬进了乌鲁木齐路靠近五原路的一条弄堂里。

沿着乌鲁木齐路往前走，路过安福路，我没有听从闺蜜的建议去看看那些新开的时髦小店，而是选择了继续朝前面的五原路走去。我没有告诉闺蜜，多年来我有个心结未了，有一个人我需要再见，有一份情有待偿还，尽管我并不知道应该怎么还。

我在上海的那几年在一家日报社做编辑，每当手上的版面全部付印结束，通常已接近凌晨。我住的公寓楼是上海一所大学的老教师宿舍，建于上世纪八十年代，外观已经非常破旧，好在毕竟是教师宿舍，楼梯间打扫得干净整洁，每家每户门口也不见有杂物堆放，旧是旧了点儿，看在交通便利，又地处最具有旧上海风貌的租界范围内，也就不计较了。

搬进去的第一天夜里，我按平常的时间下班回家。此时零点已过，弄堂里空无一人，我快步朝公寓楼走去。刚走到楼下就傻眼了，楼道里漆黑一片，四层小楼没有一层的楼道灯是亮着的。我站在楼下，为白天太粗心没提前查看楼道灯开关的位置而懊恼。一阵冷风吹来，平日看过的惊悚片场景在眼前飘移而过，后背发凉。定神抬头看了眼三楼自家窗户，默默掏出手机调亮显示屏，一边鼓起勇气冲进黑暗，一边对自己说："只有三层，很快就到，你不会那么倒霉的。"

的确不会那么倒霉的，安然无恙走到家门口，开门进屋，关上房门打开客厅灯，再次提醒自己明天别忘了查看路灯开关，至于刚才故作镇静爬上两条长长的台阶，穿过两条幽闭的走廊时演出了多少内心戏，只有鬼知道。

第二天起床，第一时间站在走廊里地毯式搜索了一通，没有发现楼道灯开关的影子。再望向天花板，根本连路灯都没有。算了，自己备个手电筒吧。夜里握着手电筒上楼，胆子明显大了起来，很快就走完二楼台阶，穿过长廊拐一个弯，再上最后一层台阶就到家了。埋头爬楼的步履轻快起来，快接近家门的时候眼前光线突然明亮了，抬头一看，邻居家厨房的灯居然还亮着。掏出钥匙打开第一道铁栅栏门，接着再打开第二道木门，随手关上栅栏门，金属相互碰撞的声音在暗夜里异常清脆，随着“砰——”的一声，邻居家的灯也熄灭了。有意思，巧了，我心里暗自好笑。

日子以它应该呈现的样子铺陈开来，上班下班会友约会，按时出门按点回家，独自穿行在这个熟悉的城市，做相同的事见不同的人，每一天都不一样，每一天却又都一样。因为自那晚起邻居家的灯每晚都亮着，直到听见我关上铁门才熄灭，很多次暗自揣测，他们这是在给我留灯吗？内心掠过一丝惊喜，又慌忙拍打双颊恼自己自作多情，这里是上海，节奏那么快，压力那么大，谁会如此细心和持久地为一个陌生人留灯，多半是人家也睡得晚吧。

编辑作息日夜颠倒，不知不觉在此住了好几个月也从没碰见过邻居，是男是女是老是少，一无所知。直到有一天，报社临时通知开会，午饭后我比平时提前了两小时出门。拉开房门，正好邻居也走了出来，是一位姆妈，年纪六十有余。看见我，她微微点了点头，我也微笑着回了一礼。我们站在各自的门前关门锁门，转身下楼。我走在她的侧后方，看着她齐耳的卷发梳理得整齐服帖，白色衬衣灰色长裤，手腕里挎着个黑色小包与脚下的黑皮鞋呼应。

我追上两步走在她旁边问："邻家姆妈，要下雨了，还出门啊？""是，去图书馆看书，每天都去，有带伞的。"说完她举起提包晃了晃，表明伞就在包里，不用担心。我一时不知该如何把话接下去，跟着她一起往弄堂外走，又不死心厚着脸皮继续问："邻家姆妈，你一个人住吗？平时很少见你呢！"她侧过头看了我一眼，笑了："女儿出国了，我一个人，退休了没事情做，也没地方去，每天去图书馆看书混时间。""社区对老人不错哦，还有图书馆？"我继续没话找话。"不是的，是去淮海路上的市图书馆，社区图书馆的书不怎么好的。""哦……姆妈退休前是做什么的？"我愈发好奇起来。"在学校教化学。"原来是一位化学教授，我暗想。和她一路说着话，很快走出弄堂，因为路线相反我们就此告别。

日子仍然继续以它该有的样子向前翻滚，自那日与邻家姆妈偶遇后，再也没见过她，如果不是每晚她家厨房里的灯一直亮着，我甚至怀疑这位姆妈是否存在过。一年很快过去，我恋爱了，对方在北京，是位艺术家。相识三个月以后，我们决定结婚生活在一起，这意味着，我将告别上海这座生活了七年的城市，迁居北京。

离开上海的前一天，搬家公司上门，七年的生活被打包成

黄鱼

烹饪黄鱼的方法有很多，最爱的还是将黄鱼肉剁碎混合五花肉搅拌成肉泥做成的小馄饨。至今仍记得上海瑞福园的黄鱼小馄饨，它让人深刻理解了什么叫“鲜得眉毛都要掉下来”。

珐琅 Enameling

一种将石英等矿物质原料氧化后，填嵌、绘制于器物表面的艺术，分为掐丝珐琅、内填珐琅和画珐琅，所谓“景泰蓝”是掐丝珐琅的主要代表。珐琅也常用于厨房物品，如炖锅、咖啡壶、烤箱，它美化保护器皿，也使其易于清洁。

三十二个纸箱，大门敞开，两个工人依次搬运。突然邻居姆妈走了进来，“你要搬去哪里啊？住的不开心吗？”她问。“不是的，要去北京，不搬不行。”我笑了。“换工作了吗？你之前在哪里工作啊？”她又问。“不是换工作，是去嫁人，之前在报社上班。”我一边回答，一边招呼工人给纸箱标注编号。“哦，这样啊，那你先忙，”邻居姆妈一边说一边回屋了。过了一会儿，她抱着个纸盒又进来：“你要结婚了，也不知道送你什么，这床丝绒毯你留着做纪念吧。”我呆住了，这完全超出了我的日常经验，站在那里接也不是不接也不是。“快收下，特意挑了个粉红色，很适合你的。”邻家姆妈不由分说放下纸盒，“我先回去了，你要开心要幸福啊。”说完她走出了大门。

跟工人交代了几句，我立即跟了出去。临近中午，她家的炉火上不知炖着什么，楼道里一股鱼汤的鲜味。我敲了敲门，她拉开一看是我，“搬好了？”“还没。谢谢你啊，邻家姆妈，我可以进去坐坐吗？”我问。“可以啊。”她侧身把我让进屋。

这是我第一次进她的公寓，一居室，旧的沙发旧的家具，家具不多刚够日常生活，虽然很旧却擦抹得光洁如新，发亮的打过蜡的地板，阳台上一盆柠檬树挂满果实，床边的五斗柜上堆满纸盒。“邻家姆妈，你怎么收了这么多纸盒呀？”我很好奇。“不是空的，里面都是礼物，有给女儿的，有给外孙们的，平时看见好就一点点攒，每年他们回来一起带走。”说着她又指了指床下，笑：“喏，下面还有好多呢！”我也跟着笑：“真是够多的啊！”

厨房里的汤越飘越香，“你中午也没空烧饭吧，我做黄鱼面一起吃？”邻家姆妈说。我连忙摆手，拉着她随口就来：“明天就要走了，中午朋友约了吃饭，就不打扰你了。”我一边说一边往门外走。“真的吗？不要客气哦。”邻家姆妈说。“真的，邻家姆妈你多保重，今后回上海再来看你。”说完，我借口还要跟搬家公司结账，出门回自己屋了，转身关上房门的一瞬间，眼泪突然夺眶而出，被那一屋子的礼物击中，想起她一点点攒起它们，每天夜里躺在它们之上入梦，我的心里难过得要命。

这一别，五年过去。五年来的每个夏天，我都会翻出那条粉红色丝绒薄毯盖在身上，它柔软光滑紧贴肌肤，包裹我的身体。睡意袭来之前，总会想起这位萍水相逢的邻家姆妈，想起她在喧嚣繁华的上海，独自一人守着那些纸盒是怎样的寂寞和孤独，想起那些日子里亮着的灯，我慢慢确定，它是特意为我而留。

期待重逢的路总是遥远而悠长。五年之后，我慢慢沿着乌鲁木齐路前行，走过安福路，走过五原路，走过24小时便利店，走过小吃摊、蔬菜店、水产店，最后拐进那条小弄堂，再往前五十米就是那栋熟悉的公寓楼。楼下的大门依然敞开如昨，门旁站立的流浪猫安静地看着我，并没有因为陌生人的出现仓皇躲闪。我爬上三楼，楼梯口两扇绿门紧闭，左边是邻家姆妈的家，右边是我曾经的家。

一切看起来都是老样子，甚至包括大门外用木夹夹着的电费缴款单，而我却不确定，那扇门后面的人是否是我要找的。

抬手敲门，无人应答，再敲，还是没人。看看时间，下午两点半。如果邻家姆妈还住在这里，这个时间应该刚好出门去图书馆了，我们擦肩而过。如果她已经不住这里，这房子也该租出去了，而房客多半也已出门上班。我走下楼梯绕到公寓楼外侧向三楼阳台张望，先找到了自己曾经的阳台，它的隔壁是邻家姆妈的阳台，此时上面晾晒着几件老年人的衣物，一株柠檬树结满果实挺立在窗前。是的，邻家姆妈还住在这里。

我站在楼下看着楼上的柠檬树发呆，迟迟迈不开脚步离去。回想旧事，我不知道当年是什么让我把一个陌生人持续两年对我的默默关照视为理所当然，我也不知道那些日子里，怎么就没有想起来问问她，为什么那么晚还没关掉厨房里的灯？时隔多年我和邻家姆妈的故事需要一个结尾，我回到这里，想问问她那个曾经忽略了的问题，也想知道这些年她是否依然寂寞孤独，更想陪她吃一碗黄鱼面。

但是，她却不在。

食材

小黄鱼、拉面、雪菜、天目笋、生姜、食盐、白糖、料酒、白胡椒。

做法

1. 新鲜黄鱼去掉内脏、鱼鳃清理干净备用。
2. 天目笋提前泡发切薄片，雪菜切成碎末，生姜切片备用。

雪菜黄鱼面

Meal

3. 锅中倒少量油，油温七成热后放生姜、黄鱼下锅。黄鱼两面稍煎后烹料酒，同时倒入雪菜炒香，天目笋片下锅，加入适量清水文火煲至奶白色。

4. 另起一锅煮面，面煮至半生捞入黄鱼汤中，待面熟透放入食盐和少量白糖、白胡椒调味。

弄堂

弄堂是上海及江浙地区特有的民居形式，是近代上海最重要的城市建筑，也是普通上海人曾经最常见的生活空间。

如何煮一碗扑倒男人的面

尽管我坚决不相信“征服一个人的胃就能征服这个人”这样的鬼话，但有时候煮得一手好饭菜，对摆平一个男人还是有效的。比如，争吵之后冷战一天，双方都疲惫不堪精疲力竭，洗手入厨煮一碗小面，什么都不说端到对方面前，对方一言不发埋头朵颐，喝下最后一口汤，把嘴一抹，点燃一支烟说：“好吧，答应你，今天之后坚决不再在卧室抽烟。”看看，男人其实很好哄，一支烟引发的婚姻危机在一碗四川小面前缴械。

煮一碗四川小面扑倒男人之前，你首先要有面，而且是碱面，是在面粉中加入食用碱做出来的面条。四川小面，包括现在遍地开花的重庆小面都是用的这类面。碱面在南方很常见，面粉中加入碱可以综合其中的酸性，胃酸过多的人常吃这种面可以养胃，但因口味差异，北方人未必喜欢。没关系，用普通面条照样不影响你完成扑倒的动作。

碱面

受日照影响，四川盆地出产的小麦面粉蛋白质含量较低，制作面条时厨师会加大碱的比例，以增加面条的韧性。

接着你需要炒一点儿肉臊。半肥瘦的猪肉剁碎，加入料酒、芡粉、姜米、老抽拌匀腌制七八分钟。起油锅，油热扔几颗花椒炸出香味，肉下锅，中火炒散，加入甜面酱，改小火熬出肥肉中的油份，起锅备用。

然后，你要为那一碗夺魂的面调制底汤。你的男人虽不是四川人，但对辣情有独钟，无辣不欢。恭喜你，你可以大胆地按照四川人常用的方子调味。它包括一勺由生抽和头抽混合的酱油，生抽的味道鲜美，但色泽清淡，头抽口味单一，但色泽红亮，两相融合放进面条，味道更浓郁色泽更艳丽。

然后是一勺红油、三分之一勺花椒油、半勺芝麻油、少量白糖、蒜泥、葱花、几颗味精。不要迷信吃了味精会变呆的谣言，如果他注定要成呆子跟吃味精有关系吗？如果他已经是个呆子，再多吃一点又何妨呢？在不可能随时拿出高汤来调味的家庭厨房，炮制一碗四川小面有时的确需要少量几颗味精来提鲜。假如条件允许请往调料里浇一勺高汤，没有提前准备就浇一勺开水，川面底汤就此准备妥当。

接着烧水煮面。水开放入面条，煮到沸腾掺入凉水，再煮至沸腾，掺入凉水，如此反复三次，捞出面条盛入调味底汤，浇上肉臊，撒上葱花，吃吧，是不是跟重庆小面馆卖的面不分高下？

什么？你的男人不能吃辣。哦，真糟糕，一个不能接受浓烈口味的人，你能指望他什么呢？不过听说现在性冷Style风行，我也无话可说，那就传授一个我奶奶晚年最爱的麻酱肉臊面。你只需要在调味料中去掉红油，换成芝麻酱和宜宾芽菜，一碗飘荡着香浓麻油味的川式家常清汤小面照样能唤醒一个寡淡的人。

事实上在川面馆，所有红油面都可以转换成清汤面，所谓的清汤，并非类似阳春面那样清心寡欲，厨师只不过舍弃了红油一项调味料，但照样能让面条色泽诱人芳香扑鼻。所以，下次去到重庆小面馆，不吃辣的你和他，大可以高声对厨房喊一声："来一碗清汤杂酱面！"厨师一听就懂了：前厅来了两个怕辣又好吃的吃货！

麻辣小面

Meal

食材

碱面、猪肉、料酒、生姜、芡粉、老抽、甜面酱、生抽、头抽、红油、花椒油、白糖、高汤、葱花、芝麻油、芝麻酱、蒜泥、芽菜。

做法

1. 半肥瘦的猪肉剁碎，加料酒、芡粉、姜米、老抽拌匀腌制七八分钟。下油锅中火将肉炒散开，加入甜面酱，小火熬出肥肉中的油份，起锅备用。

2. 辣味汤底：生抽、头抽、红油、花椒油、白糖、蒜泥、芝麻油、高汤调味。

　　清汤汤底：生抽、头抽、芝麻酱、蒜泥、白糖、花椒油、芽菜、高汤调味。

3. 碱面下锅煮熟，放入辣味或清汤的汤底里，表面撒上肉臊和葱花。

地震后的牛肉面

对台湾牛肉面曾经兴趣索然，二十多年前，第一家“台”字号牛肉面馆在成都开业，小伙伴们乘兴而去，败兴而归。除了切成大块的牛肉抢走了川式红烧牛肉面里那几小块牛肉丁的风头，面的调味实在乏善可陈。直到多年后坐在上海蒙自路的小面馆里，吃到迄今为止最好吃的一碗台湾牛肉面，它留给我的糟糕印象才彻底扭转。

那是2008年汶川地震爆发三四天后的一个下午。那年过完春节，母亲跟随外派工作的妹妹、妹夫去了加拿大，我在上海，只剩父亲留守成都。

5.12 那天，巨大的震波同一时间席卷全国，我跟随人群冲出十八楼的办公室，沿汉口路往人民广场的开阔地行进。一路上不断听见有人握着手机惊呼：“我妈说江西地震了！”“我同学说湖北地震了！”“我爸说嘉兴地震了！”所有人面面相觑，到底哪里地震了？

直到新华社的消息传来：14：28分，四川省汶川县发生8.0级地震。我站在人民广场的十字路口顿时懵了，立即给父亲打电话，不通，给成都的朋友们打电话，还是不通。重播键不断向空中发射信号，回馈过来的永远是短促而空洞的忙音。

与父亲联系上已是三小时后，知道他平安无恙我长出一口气，叮嘱他最好去大伯家，因为子女都不在身边，如果接下来有什么事，去兄弟家里也好相互照应。成都不是震中应该问题不大吧？我想，渐渐放下心来，准备收拾东西下班。

刚走到电梯间，同为川籍的同事Z冲到我面前大叫："快看直播，太吓人了！"说完把笔记本塞到我手里。视频里凤凰台正在现场连线，那些往常只是在灾难片里才能看到的场景慢慢从眼前滑过，织起一张巨大的黑网，人在其中，恐惧一点点积聚起来。不行，必须把父亲接出来。

"开什么玩笑！这个时候让我走，那不是逃兵吗？"父亲在电话里愤怒地说。

"你一个人要是出事怎么办？如果实在不想出来，要不我回来？"我说。

"你回来干嘛，瞎添乱！"父亲说，"我已经跟你大伯会合了，这几天就住这边，有你堂妹照看，放心吧。"

“可是这种时候不是应该一家人在一起吗？你这样让大家担心，就不算添乱？”

“别说了，反正我不走！”啪！父亲挂了电话。

没办法，只好大伯出面劝说，父亲才总算勉强答应，但这时除了运送伤员和物资的飞机，所有民航线停运，机场关闭了。

接下来的两天守着电视度过，随着公布的消息越来越多，余震不断，担忧、焦虑、臆想此起彼伏，神经高度紧张，终于等到机场开放，第一时间给父亲订了机票。

通知父亲航班时间时，他正从体育场临时灾民救助中心送完棉被往家赶。“你不晓得多惨，有一家人从村子里逃出来，饿着肚子走了两天才走到成都，娃娃大人饿得啊，看着都心酸。”父亲说。

“你没给搞点儿吃的？”我也鼻子一酸。

“给了，正好带了几包饼干和面包，都给他们了。”

“哦”，我刚想就此行为说几句，也不知是不是被那家人的遭遇刺激了，肚子居然不争气地叫了起来，一看时间已快两点，才想起一上午什么东西都没吃。

事实上不仅那天早上，地震发生后的最初几天，我几乎都没正经吃过东西。处于焦虑状态时，有些人会胃口大开，以不断进食来安抚紧张的神经，而我恰好相反，胃口会自然关闭，几顿不

黄牛腱

黄牛以黄、黑色为主，肉色明亮鲜红，脂肪少保水性好。牛腱乃牛大腿肌肉，内含筋，硬度适中，最适合卤煮。

卤牛肉｜生抽｜辣椒油｜芽菜｜卤汁｜香菜｜小葱｜花椒油｜白糖｜蒜泥

吃完全没事，喝点儿水吃几片面包啃个苹果就能维持一天。此刻，或许是因为确定了父亲的行程，心里的石头总算落下，一放松胃口回来了。

我下楼穿过一片绿地拐到蒙自路，那里聚集了各种小饭馆。正琢磨吃点什么好，抬眼看见路口新开了家店，小巧干净，装修简洁温馨，是喜欢的风格，门口的红砖墙上嵌着店名：YOLOTA台北精致面馆。饿极了，管它好不好吃，冲着环境好就这家吧。

菜单上十六种搭配吃法详细介绍了牛肉面的不同组合，有全牛肉、半筋半肉、全筋，以及牛肚加半筋半肉的配搭；汤料包括原汁、麻辣、番茄、红酒四种；可供选择的面条有手擀面和刀削面。

选了半筋半肉，口味自然是麻辣，面条挑了刀削面。我一边等一边翻报纸，鉴于之前的经验，内心没任何期待，只希望能快点上桌填饱肚子。很快，面来了，斗大一碗，汤宽面少，牛肉一看就是只有上等牛腱才会呈现出的肉包筋状态，两块卤豆腐，一小把金针菇和一些切碎的酸菜飘在面汤上。

先来一块半筋半肉，软硬适中；再夹起面条，裹着汤汁放入嘴里的一刹那，我一愣，这是记忆中的台湾牛肉面吗？不敢相信。再喝一口汤，那是各种香料和肉香交织一体的复合口味，它散发出一层一层变化奇妙的味觉体验，那融入其间的麻辣只存于唇齿间。在这里你看不到四川面馆里红油漂浮的热闹场面，也寻不见一丝花椒粉的芳踪，在那份号称麻辣的黑色汤水里，辣和麻的威力释放得恰到好处，它既不辣得让你尴尬，又让你连呼过瘾。我通常对一类厨师莫名敬仰，他们能做出那种看似其貌不扬不温不火，实际却能让你顷刻间沸腾起来的食物，他们武艺超群，杀人不见血，拔剑即封喉。想秘制出那样一种让人无法全部猜出其中原料的美食，绝不是寻常人家胡乱扔几种香料下锅就可以的。它集合了厨师多年的心血和经验，对食材、香料、佐料的熟悉，相互间比例的精准，以及天生的敏锐味觉。

在台湾，最早的牛肉面据说是生活在眷村的四川人因思乡心切，将豆瓣酱与牛腩红烧后，连汤带肉浇到面条上，再加入其他调味品而成，这种吃法符合四川面馆里牛肉面的一贯做法。在成都的面馆里，伙计们通常会提前将牛腩红烧好作为浇头备用，客人来了，煮面，汤碗里放入酱油、红油、花椒、蒜泥、香菜、小葱、芽菜等调料，面煮好捞进碗里，再舀一勺红烧牛腩浇在上面。这样的吃法代代相传，直到有一天高举着川味旗帜的台湾牛肉面大举进入内地，四川人才知道原来在海峡对岸有一种叫“川味”的牛肉面，它听起来跟我们口味一致，但其实是另一回事。

台湾牛肉面对牛肉和汤头的讲究使四川街头传统牛肉面甘拜下风。肉必选上等牛腱，而且是黄牛的，因为它含水量高，肉质细腻，色泽红润，脂肪含量低。随着牛肉面在台湾发展成著名美食，食客对肉的部位也越来越挑剔，牛腱、牛腩、牛筋等传统风味已不能满足需求，昂贵的牛肩肉、牛胸肉、牛颈肉依次登场，甚至还有人将牛肋排上的肉剔成薄片形成新一代的创意牛肉面。而面汤的风味也是不断推陈出新，比如咸香的原味，酸甜的西红柿味，带有异域风情的咖喱或沙爹味等等，但这些都不是我在YOLOTA里吃到的那碗牛肉面的味道。

好几次我试图还原那份不见红光却麻辣刺激的黑暗料理，却因实在猜不出全部原料而不得其法。屡次失败我终于坦然接受了自己的愚笨，在搜罗了好几种台湾面的做法后，我决定结合重庆小面的调味，炮制一碗特殊的川味牛肉面。

我没有按照传统四川牛肉面的做法先红烧牛肉，而是借鉴台湾人的方法将一整条牛腱放入香料中煮两小时后冷却切片，而那一锅卤水与生抽、花椒油、辣椒油、蒜茸、香菜、小葱、芽菜调和而出的面汤，让这碗面的口味无比丰富，好几次我都迫不及待地招呼附近的朋友来家里吃这碗特殊的牛肉面。在以食面为主的北方人面前，我把煮好的拉面捞起来装进事先调好味的汤料里，摆上切好的牛腱、菜心，撒上香菜和小葱，看着他们沉浸在面汤里食指大动，有一种说不出来的自豪和得意。

川味牛肉面

Meal

食材

牛腱、拉面、小油菜、葱、姜、蒜、老抽、食盐、黄豆酱、白糖、料酒、生抽、辣椒油、花椒油、芽菜、蒜泥、白糖、香菜、小葱。

香料包

白芷、桂皮、陈皮、三奈、草寇、香叶、丁香、草果、毕卜、孜然、八角、花椒。

做法

1. 牛腱整条下锅煮出血水后捞起备用。葱姜蒜和黄豆酱炒出香味，掺入足够量的清水烧开后倒入炖锅，锅中放入香料包，加入适量老抽、食盐和白糖。牛腱入锅文火煮九十分钟后关火浸泡一晚上，次日捞出牛腱切片备用。
2. 香菜、小葱切碎。生抽、辣椒油、花椒油、白糖、芽菜，蒜泥放入面碗备用。
3. 水开后先将小油菜入锅汆烫一分钟捞起备用。
4. 煮面的同时将卤水烧开，舀出适量掺进面碗里与汤料调匀，面煮好捞进碗中，表面放上牛腱、小油菜、香菜、小葱。

吃到点滴不剩

早起，突然想吃葱油面，于是熬了两罐油，一罐葱油和一罐猪油。

葱油面自然少不了葱油，猪油是用不上的，但熬猪油剩下的油渣拍碎了放在汤面里，那香气不是普通的葱油面可以比。类似的做法还有把油渣换成虾皮，虾皮需要先喷洒点儿油，以便炒得松脆一些。

熬葱油的做法各家不同，上海人喜欢去掉葱白，只留葱叶下锅，起锅前要在油里加生抽、老抽和糖。吃的时候与面条拌在一起，不加汤，干拌，是传统的葱油拌面。

葱油除了可以做葱油面，也可以用来做凉拌菜，或者炒素菜。我喜欢什么调味品都不加，只有葱和油，干净纯粹的一罐，留着它和任意食物搭配，也不会影响不同菜肴的调味。

做葱油，葱白是一定要用的，不明白为什么要舍弃掉一根葱味

道最浓的那部分？另外还会加红葱头。红葱头不是洋葱，它的茎片比洋葱薄，水分含量也不如洋葱高，香气却比洋葱浓烈。南方喜欢将红葱头切碎用油炸成金黄的干片，放进菜里或汤里增加香气。红葱头在北方不容易买到，有时就用洋葱替代。

色拉油与香葱的比例为1:1，油热后把切成薄片的洋葱放进去，调低火势（小火）煎到颜色发黄茎片发干，捞起来再放香葱。香葱下锅时先放需要耗时更长的葱白，煎到七八成干，再倒入剩下的葱叶，直到煎成黄褐色。有些店家会摆几根炸干的葱叶在面条上做装饰，但吃起来跟嚼枯草没什么区别，扔掉也不可惜。

猪油的熬制更简单，肥肉切成小块，放进锅里小火煎。有些做法会往里掺少量水，没试过，从小家里都是这么直接熬，偶尔会扔几颗花椒增香，出来的油凝固后洁白如玉。

现代膳食标准提倡远离动物油，已很少看到做菜用猪油的，但如果在色拉油里加少量猪油，炒出来的蔬菜只放一点儿盐就足够好吃，并不需要别的花头。剩下的油渣拌在面里，或者放进汤里，也是好东西。

与干拌的葱油面相比，更喜欢带汤的吃法。煮熟的面里放生抽，淋葱油，一勺清汤，油渣剁碎洒在上面，葱香、油香一股股往鼻子里蹿，吃到最后一滴汤都不剩。

葱油面

Meal

葱油

半个洋葱切成薄片，250g香葱洗净晾干水分，切成三段备用。500g食用油下锅，油热后先倒入洋葱，小火煎至黄褐色，捞起干片。香葱下锅，先放葱白，煎至七成干再倒入剩余的葱叶。小火煎至葱叶焦黄发脆捞起，关火，待油温冷却后装瓶。

葱油拌面

面条煮好后，加入酱油、葱油拌匀。

葱油汤面

油渣剁碎，面条煮好后，酱油、葱油、清汤、油渣撒在面上调味。

猪油

500g肥猪肉洗净切成小块，入锅，小火煎至肥肉成干渣。捞起油渣，油温冷却后装瓶入冰箱保存。

不过只是一碗面

多年不碰方便面，尚且待见它的那阵子二十出头，在一家周刊上班。

那时还是纸质办公，记者的文章写在稿笺上，一页300字，按字数记酬。编辑部各位老师统一标准姿势：左手一支烟，右手一支笔，夹烟的手撑着头，握笔的手往稿笺上一招呼，白底见红，画下一个圈，圈里框出一大段话揪到格子外边，笔尖再一转，拉出个猪尾巴，最后往上一勾：“都什么乱七八糟的，凑字数吗？删！！！”那一勾，半碗方便面没了。

只有在加班的夜里才会想起方便面。一过十点，美编室必会有人慢悠悠地站起来，全然不顾一旁着急杂志尚未组版完成下不了班的编辑，“肚子饿了，先加个餐”，哗啦，撕开一包方便面，依次放入料包、盐、脱水香葱，去开水间冲上满满一碗水，再端回电脑前。十分钟后揭起纸盖，各种说不清道不明的气味在空中炸开。

它包裹着厚重的油分子，过量的味精让人误以为死了好几只鸡，以及某种发酵过的、刺激唾液开始分泌的酸味。这其中没有一样是食物本身的味道，但它们组合出一种专属的气息，这种气息叫“方便面”，它如此浓烈又注定廉价，但它，是真香啊！再扔点儿鱼泉榨菜进去，来根火腿肠，“稀里哗啦”，半张脸掉进碗里了。

条件允许的时候会搞个豪华版，放汤锅里煮软了，卧两个鸡蛋、几片白菜、几滴麻油，连锅端上桌，拿个小碗边捞边吃，热热乎乎，是冬夜里最好的宵夜。有一年在成都泡茶馆与美食家沈宏非先生闲聊，说起南方的炒面，沈先生说，用方便面做炒面才叫绝。方便面泡到七分熟，捞起来凉水冲一冲，再下油锅，与火腿、虾仁、鸡蛋、豆芽、韭菜同炒。面饼因本身油炸过，不易粘锅，也比普通面条筋道。后来一试，的确好吃。再后来，因讲究健康饮食，供职的报社也有宵夜供应，渐渐与方便面分道扬镳，几乎已快忘记也曾对方便面钟情过。

与方便面的诀别宣告着人到中年的来临，女人只有青春飞扬的年纪，才敢素面朝天挤在弥漫着二手烟的屋子里，手捧泡沫饭盒不顾形象地对着一碗生产过程不清不楚的吃食大快朵颐。中年女人吃的面条是摆在精致的餐具里，旁边挺直了腰板的侍者揭开盖子：“夫人，这是用今早空运到的澳洲龙虾秘制的海鲜意面。”他把大拇指

036
想找的人不在

和食指放在唇边，翘起剩下的三根指头："Perfetto（意大利语：完美）！"话音一落，手臂顺势在空中划出一道优美的圆弧。女人点点头，端起酒杯呷了口白葡萄酒，再拿起餐叉，一圈两圈转动叉柄裹起面条，红唇轻启送入口中。"Perfetto！"女人抬起头，回敬了侍者同样的喝彩。

几天后还是这家餐厅，女人点了同一道菜，吃完觉得味道依旧不错。第三次，女人再来，吃了两口放下餐具，这时候要是有一份"老干妈"就好了，女人暗想。旁人不解："这不是你最喜欢的吗？""嗯，偶尔吃吃没问题，经常吃？它跟我有关系吗？我现在只想要妈妈的味道。"女人一副幽怨表情。

妈妈的味道，是什么味道？

八岁的外甥女过生日，五六个小姑娘前来庆贺，"三四千只小鸭子"同时关一间屋里时，大人们总怀疑墙上的钟坏了。好不容易到了晚饭时间，过生日免不了一碗寿面助兴，正琢磨做什么才能讨得小鬼们的欢心，甜甜妈妈已挽起袖子下到厨房，"让我来给你们做个洋葱胡萝卜拌面！"

极简的食材：洋葱、胡萝卜、鸡蛋挂面。洋葱和胡萝卜切成细丝放入油锅，小火慢慢煎出香味，加入生抽、白糖调味，最后将煮好的面条与炒好的酱料拌匀。该如何形容它的味道？老实说，好吃

得无法形容。又该如何描述它带给我的刺激？只是简单、平价的几样食材，就制作出了一道让人惦记至今的食物。

这大概就是所说的“妈妈的味道”，没有浮夸，没有惺惺作态，讲究营养的搭配及简单的制作过程，甚至连它的属性都是那么包容，你既可以把它当主食，与其他大菜相配，也可以拿它当小吃，替换因方便面“出生不明”引出的对食品安全的担忧。

天下珍馐的确数之不尽，但很多时候我们真正迷恋的只不过是一碗妈妈的面，没必要因为吃了只龙虾就以为自己是龙王了，任何时候它也只不过是一只虾，不是王冠，更不配以此炫耀。

洋葱胡萝卜拌面

Meal

食材

紫皮洋葱、胡萝卜、鸡蛋挂面、八角、生抽、老抽、白糖。

做法

1. 洋葱、胡萝卜切丝备用。
2. 取平底锅，锅中倒入油（为避免面条粘连，要比平日炒菜的油略多）。油热放入八角（嗜辣之人可加花椒和干辣椒）文火慢煎，待八角（花椒、辣椒）炸出香味后捞出，弃之不用。
3. 洋葱、胡萝卜下锅炒香，洋葱渐渐透明，入生抽、老抽、白糖调味。
4. 水开，下挂面。水再开，倒入适量凉水降温，继续煮，水再开重复之前动作，如此三次。面熟，捞起放入平底锅与拌料混合均匀装盘。

一个人
和
一座城

第二章

一个人和一座城

算起来，离开成都已十年。一个人与家乡的关系，隔断了十年之后意味着什么？

意味着，不管你如何强调自己成都人的身份，但事实上你可能再也回不去。这一份忧伤而无奈的情愫，是飘在异地，甚至异国的成都人不愿意正视又无法回避的肉中刺。

每一个回乡探亲的日程都是一次被它越抛越远的过程。先是一些宁静而朴实的街道变成了旅游景点，接着是位于路口巷角陪伴你成长的小吃摊、老茶馆没了踪迹，然后是路越修越多越修越宽，楼越盖越高越盖越密，但路名楼名你大都不识。伫立街头你一口成都话却无法给外地人指路，需提前查看导航系统才能出门，这是生活在北京养成的习惯。你做梦也想不到，回到你的地盘，它依然能够派上用场。在异乡，你被他们称为外地人，回到故乡，你把自己称为外地人，这个城与那个城在此刻之于你，没有两样。

把悬空的双脚拉回地面并打开家门揽你入怀的时刻，往往发生在不经意间。它们是骑着自行车去抚琴菜市场寻觅记忆中的那份早餐的某个清晨，沿着花牌坊，你把脚踏板蹬得飞快，每一个车轮画下的圆弧，都是你急于与过去勾肩搭背的隐秘心情。穿行出花牌坊，一环路口向左转，前方天桥下向右，路过豆花店、杂酱面馆、服装店、药铺……远远看见水果店外石榴、葡萄、苹果和梨，著名的抚琴菜市场到了。

跳下车，你决定放慢前行的速度，世事变迁，它还在吗？你不确定。推着车穿过弥漫着花椒、辣椒以及各种香料混杂的干杂店，小心地避让快摆到路中间。绿得油亮鲜嫩的各类青菜，在鱼贩子的吆喝声和鱼腥味的夹击下，砰——砰——砰——，一阵木棍敲击的声音传来，你难掩欣喜，扭头对跟在后面的北方人大喊："快点，快点，它还在！"

一口土灶，一个长约两米的案板，没有招牌，风吹日晒日渐发黑发黄的墙面丝毫没有埋没它在方圆几条街的名气——抚琴市场军屯锅盔。

它不是一间店，只是一个摊，每日仅卖三种锅盔：白面的、红糖的、牛肉的。其中的牛肉锅盔是将醒发的白面与油混合，抹上剁碎的牛肉、盐和花椒粉，再入油锅煎烤，最后放进土灶摆成一圈烘

军屯锅盔

相传三国时期大将姜维率部在今成都彭州的军乐镇休养屯垦、牧马练兵，“军屯”由此而得名，今天的锅魁由当年军中干粮逐渐演变而成。

得酥脆。

一老一少在案板前忙碌，老的五十开外，负责揉面、擀面。擀面杖敲击案板不断发出“砰！砰！砰！”的声响，或许因为这个激烈的声音，成都人把“做锅盔”叫做“打锅盔”，也不知道它们和“打”这个动作之间有什么关系？旁边那个小的，二十多岁，耳朵里塞着耳机，他接过擀好的面饼放在煎锅上，身体随着音乐节奏晃动，手指在几个饼间移来换去，没人知道他听的是什么音乐，尽管他一直哼哼着某些旋律。恍惚间你不是置身菜市场锅盔摊，而是在音乐节上看DJ打碟。

曾经，案板前只有老的一人，瘦小的个子，一站就是十几年，问他“这是你儿子吗？”“哎，是。”“不错哦，现在还有年轻人愿意干这个。”“不会干别的，不干这个还能干什么？”话音一落，你觉得自己真多嘴，偷瞄一眼旁边的年轻人，依旧沉浸在自己的音乐里，连眼皮也没抬一下。

等待锅盔酥脆的空档，先去隔壁店里点一碗酸辣粉。绵长筋斗的红薯粉装在竹篓里，放进一口两米大锅，锅里翻腾的是熬制了数个小时的肥肠高汤。三五分钟后起锅，老板淋上酱油、醋、熟油辣椒、花椒、大头菜粒和炸黄豆端到你面前。这边锅盔也已出炉，一层层的面皮金黄油亮，咬一口，先是酥皮的脆，接着一些油渗出面皮滋润唇舌，然后是花椒和牛肉混合的气息填满口腔，再夹起酸辣粉往嘴里送，柔软的粉条和陈醋的浓香，终于，连日来迷失方向的人醒了过来。

一个人和一座城的关系，一个人和过去的关系，无论世事如何变迁，环境怎样变化，不同的地域文化如何将你渗透改变，唯一不能动摇的，是从小熟悉的口舌之味。它总是在每一个你自认为已割断了故园之情的时刻飘然而至，引领着漂泊在外的人看清来时的路。

家常酸辣粉

Meal

食材

红薯粉条，小白菜、炸黄豆、榨菜、香葱、生抽、陈醋、花椒油、红油辣椒、白糖。

做法

1. 红薯粉条提前泡发。
2. 锅中放少量的油，油热倒入黄豆炒至金黄色出锅。
3. 榨菜切丁，小白菜洗净备用。
4. 烧水，水开放入泡发好的红薯粉条，煮至透明（约三五分钟）连水一起捞起。
5. 淋上生抽、陈醋、花椒油、红油辣椒、白糖，撒上炸黄豆、榨菜丁和香葱。

花娘娘要捉盗肠贼

花娘娘是个人物，认识她的人都这么说。有一年花娘娘从老家来北京看女儿，碰见房东上门修电路，扯了几句闲话，花娘娘问，小伙子成家了吗？听说单身，又说，看你说话做事还体面，人也长得精神，我女儿漂亮能干，娶回家你不吃亏。两小的私下接触了一阵子，一来二去就把婚礼办了。

花娘娘是四川奇县人，奇县城里提花娘娘无人不晓。花娘娘有个小本儿用来记电话，上面写着市委刘秘、税务张局、工商小王、卖花小白、裁缝老艾、卖肉老李、派出所长干弟赵。

被记录在册的人都听花娘娘的，有什么事儿，一个电话过去，事儿就都没了。有些事儿是花娘娘自己的，有些是她看不惯人受委屈，一个电话，别人家的事儿也不叫事儿了。

花娘娘的老公是县人民医院院长，一辈子没做成一件当家作主的事。年终院里开大会，花院长上台发言，从口袋里掏出一叠稿纸照着念，下面人小声嘀咕，都是花娘娘写的吧。

这年冬至过去半月，花娘娘着手准备春节家宴。卖肉老李送来二十斤猪肉，严格按照花娘娘指示：三肥七瘦。花娘娘把肉切成条，用盐、糖、白酒、胡椒、花椒粉、辣椒粉、五香粉拌了塞进肠衣，中间用线分段一扎，缝衣针刺孔放气，再拿竹竿挑了，挂阳台上风干。

四川盆地冬季阴冷潮湿，夜里雾气很浓，花娘娘琢磨医院锅炉房干燥通风，招呼左右邻居亲戚老表，各家抬着竹竿就去了。烧炉工二话不说给大家安排位置，一时间平日灰秃秃的屋子油光锃亮。

春节前三天，花娘娘去锅炉房检查，用手一捏，瘦肉变硬肠衣起皱，说，再晾一晚，明天来取。回家吃完饭看了集电视剧，刚躺下就听见有人拍门，烧炉工在外面喊，出大事了，香肠没了，一根都没剩。花娘娘跳起来就往外冲，路上烧炉工说，我回家吃了顿饭，回来锁就被撬了。

众人挤在锅炉房，地上扔着竹竿，有人说，没有香肠，这年咋过哟？花娘娘面色凝重一言不发，等人七嘴八舌说的差不多了，道，先回家睡觉，明天起来通知保卫科发动群众挨个查。

两天过去没有结果。正月二十九，花娘娘一大早去派出所找干弟弟赵所长。干弟赵听完，说这还了得，姐回家等着，我去给你找。带着几个人就出了门。

花娘娘回家等到夜里也没等来干弟赵。女儿问，明天的年夜饭咋吃呢？花院长正埋头看报，说菜照做，只是没香肠。儿子说，要不让舅舅带点儿过来？大半天没说话的花娘娘把桌子一拍说，你几个舅舅家的香肠都一起没了，这个龟儿子，胆子太大了！

除夕早上，花娘娘打起精神杀鸡剖鱼，准备年夜饭。临近中午，干弟赵带着人登门，姐，香肠找到了，跟我去认。花娘娘放下手上的活，问，在哪儿找到的？干弟赵说，上午有人来报，说看见医院围墙外守工地的两口子在吃香肠。报信人平时没见过这家人晾年货，怀疑有问题。

一群人赶去工地，只有女的在。警察推门进去，墙上挂着、桌上凳子上堆着的都是香肠。花娘娘从棉线颜色分辨出自家那些。干弟赵问女人，你家男人呢？话音刚落，门外手下揪着一男子进来，说说，咋回事？男子低着头一声不吭。花娘娘走跟前，上下打量一番，指着鼻子怒吼，你胆子实在太大了！

干弟赵让手下把两人带走，回头对花娘娘说，姐可以踏实过年了。花娘娘余怒未消，说，好生教育，晚饭前放了吧。走之前她从自家那堆香肠上割下两节放在桌上，众人拎着各家的肠分头散去。

香肠煲仔饭

Meal

食材

香米、香肠、小油菜、蚝油、芝麻油、纯净水、色拉油。

做法

1. 泰国香米与水的比例是1∶1.5，放入塔吉锅（或砂锅）浸泡一小时。
2. 开大火煮十分钟，表面出现小孔时将切好的香肠放进去。
3. 盖上盖大火继续煮五分钟后，沿锅壁淋上一圈色拉油，然后关火。
4. 焖十至十五分钟让锅底形成轻微的焦糊。
5. 小油菜芯焯水后捞起来放在煲仔饭上，淋上用蚝油、芝麻油和纯净水混合的调味汁，拌匀即可。

瞎子的预言

钟水饺曾经在成都西玉龙街有一家店，它的对面是著名的陈麻婆豆腐。当然，钟水饺也很有名，只不过它卖的是小吃，对方卖的是炒菜，作为餐厅显得更正式一些。如果有人说，今天中午我请你吃饭，通常走进的是马路那边的陈麻婆豆腐。但如果他说，我们随便吃点儿，走进的就是马路这边的钟水饺。

在钟水饺的正对面有一条小路往南延伸，朝里走三五百米，有条巷子叫林家巷。巷子的尽头是两个很小的四合院，总共住了十几户人家，大家在一口井里打水喝。看到井，你大概明白这个故事不是发生在现在。

1980年的时候，年过六旬的蓉妈住在其中的一个院子里。蓉妈的娘家曾在走马街开了一家小酒铺，门面不足两米宽，卖一些散装的泡酒，就是把枸杞、青果、当归、黄芪之类的药材泡在高度白酒里。顾客来了，用木质的长勺伸进酒坛舀出一勺来，一勺二两，倒进土陶碗里端给来人。来的多是附近扛包干活的苦力人，中午休息时站在柜台前喝，一边喝一边看蓉妈打麻将。

蓉妈那时尚未出嫁，大家都叫她蓉芝，蓉芝在酒铺替母亲收钱管账，没有客人的时候就招呼伙计陪自己打麻将。有时伙计正干着活，没空伺候她，蓉芝就坐柜台前绣花。绣花要先在绢布上描样，蓉芝一只手举着绣花棚子，一只手握笔，一笔一笔地描，一只鸭子、几缕柳枝、几朵龙爪菊、两三枝水仙，画得活灵活现。

街角邮局里上班的友生经常过来看蓉芝绣花。友生长得高大英俊，蓉芝看着心里喜欢，两人在长辈撮合下结为夫妻，生了三个儿子。搬到林家巷的时候，蓉芝已经有了一个五岁的孙女，邻居们不知道她叫蓉芝，只叫她蓉妈。

每天清晨家里人吃过早饭出门上班，蓉妈就牵着孙女去菜市场买菜，回来的路上顺便捎束鲜花，春天是仙客来、石竹梅，夏天是芍药、剑兰、茉莉，秋天是龙爪菊、小雏菊，冬天是腊梅、水仙。一年四季蓉妈家的花瓶没有空的时候。

举着腊梅往家走，远远听见传来二胡的声音，蓉妈知道隔壁院子的邓瞎子又出门晒太阳了。谁也说不清邓瞎子是什么时候瞎的，因为谁也不曾见过他没瞎的样子。邓瞎子老伴死得早，儿女各自成家搬出去自立门户，平日里有个远房亲戚过来为他做饭打扫。邓瞎子一边吃着街道救济，一边靠给人算命改善伙食。

最初找邓瞎子算命的都是林家巷里的住户。大家报完生辰八字，邓瞎子伸出右手，从食指第一个关节开始往最后一个小指头数，一边数一边嘴里念念有词，通常数到中间就停住，放下手指不慌不忙地说出子丑寅卯前世今生过去将来，听得人一惊一乍。刚开始大家也不信，说哪有这么玄乎。事后发现好些事情都被他说中，大家这才将公开议论调换成小声嘀咕，声音越小谈论的事情越显得神秘可靠，邓瞎子能预知未来的名声就此传开。

西玉龙钟水饺开业那天，鞭炮放得震天响，友生在屋里教孙女识字，听见了很高兴，跟蓉妈说，这下好了，不用再去提督街排队，以后一出家门就能吃到。蓉妈笑说，那荷包可受不了，一碗就要两块五，抵不住你们爷孙想吃就吃。话虽这么说，蓉妈还是抓起饭盒出了门，打算去店里买两碗回来给一老一小解解馋。

路上蓉妈碰见几个邻居，大家边走边聊，一个说，据说这饺子的精髓都在调味里，你看见的红亮不是红油，是一种特别熬制的红酱油。另一个说，红酱油不难熬，饺子皮不好做。蓉妈推搡一旁的王姆姆，说，你家不是北方人吗？回头教我们擀饺子皮嘛！王姆姆面色焦黄有气无力地回，近来身体不好，等好些了就教大家。蓉妈一听伸手扶了王姆姆一把，说，这身子还惦记吃，先好好吃药吧。王姆姆苦笑

一声，低声嘀咕，再不吃也不知道还有没有机会吃呢。蓉妈急了，说，好好的，说什么胡话啊！

众人买好饺子端着饭盒往家走，刚到巷子口，见邓瞎子坐太阳下拉二胡，曲调凄婉。王姆姆一步步走过去，说，老邓，大冷天你就不能拉个欢快点儿的？邓瞎子答，我也想，可师傅只教了这一曲儿。王姆姆想笑又笑不出来，说，都讲你算得准，你说说，我这病什么时候能好？邓瞎子收起弓弦，说，过了冬至，不吃药就好。王姆姆一听，多日黯淡无光的两眼亮了一下，说，真的？不吃药就能好？邓瞎子点点头，嗯，能好。一旁的蓉妈跟着高兴，说，太好了，等王姆姆病好了，老邓，我请你吃钟水饺。邓瞎子含含糊糊地嘟囔，好，好。

冬至说到就到，天没亮王姆姆就起了床，想着过了今天自己再也不用吃药，精神大振。颤颤巍巍穿好衣服，拉开房门，她迫不及待想呼吸外面的新鲜空气，抬起右脚迈过高高的门槛，左脚顺势向前迈出，突然双脚一软，一个趔趄，再也没有站起来。

王姆姆去世后林家巷里各家的日子照旧往前过，蓉妈依旧每日买菜做饭照顾老小。钟水饺的饺子虽然好吃，但在那年月也不是可以经常享用的。蓉妈于是跟几个北方人学着包饺子，但北方的饺子与钟水饺的饺子不一样，北方饺子菜馅儿为主，钟水饺是肉馅儿，按照北方人包菜馅儿的用量，搁多了吃起来腻得很。钟水饺的皮也比北方饺子皮小一圈，用竹片把肉馅儿挑了小小的一坨搁饺子皮中间，两面对折压紧，样子扁扁平平的，不像北方水饺鼓鼓囊囊。

蓉妈自己琢磨着拌肉馅儿擀面皮，中间搞不明白就跑去店里吃，回来继续琢磨，大致总结出一套自己的方法。比如肉馅儿的肉要选猪后腿的，三分肥七分瘦，加姜水、盐、酱油、胡椒和鸡蛋，朝一个方向不断搅拌，待鸡蛋和姜水全部被肉吸收，这样的肉馅儿才嫩。熬红酱油除了八角、桂皮、香叶等香料，红糖是必不可少的。钟水饺虽然重红油，但味型是蒜泥味，所以蒜泥也是必备的。

那个冬天蓉妈一次次做给家里人吃，老老小小一家子吃得快腻味的时候，蓉妈终于成功了。用她儿子的话说，我妈做的那个饺子比钟水饺的味道好。蓉妈想，是时候给邓瞎子端一碗过去了。自从王姆姆去世后，蓉妈再没见过邓瞎子出门晒太阳，只是偶尔能听见隔壁院子里有二胡声响起。

蓉妈给邓瞎子送饺子的时候，邓瞎子正靠在椅子上打盹。蓉妈过去推他，醒醒，起来吃饺子了。邓瞎子接过蓉妈递过来的饭盒和勺子，舀起一个水饺往嘴里送，一边嚼一边说，你做的？不是哄我的吧？蓉妈说，才不像你，光知道哄人，明明好不了的病，硬说不吃药过了冬至就好。邓瞎子笑，说，的确是过了冬至就会好，但是一切自有安排，她就是过不去啊！

钟水饺
Meal

食材

猪肉馅、饺子皮、姜汁、白胡椒、花椒粉、食盐、生抽、鸡蛋、红酱油、红油辣椒、蒜泥。

做法

选用三分肥七分瘦的猪后腿肉剁成肉馅，加入姜汁、食盐、生抽、白胡椒、花椒粉和鸡蛋，朝一个方向不断搅拌，待鸡蛋和姜汁全部被肉馅吸收后包成水饺。饺子煮好淋上红酱油、红油辣椒和蒜泥。

红酱油

八角、桂皮、香叶、红糖放进酱油里，小火熬二三十分钟，红糖与酱油的比例为1：3（如右上图）。

提起鬼饮食的夜晚就会想起你

“吃点儿啥子？”黄老板把头从腰间的荷包里抬起来，看了我一眼，一如往常地问了一句。

“一两抄手，红油的。”我一边说，一边把大衣裹得更紧一些，找个空板凳一屁股坐了下去。

现在是夜里十一点，雾气越来越浓，寒气弥漫，面前破旧的小木桌泛着湿润的光泽。旁边三轮车上一锅水正在沸腾，热气腾腾的水蒸气与冰凉的雾相互交融。不用抬眼看就知道三轮车上的玻璃橱柜里摆放着什么，因为每天这个时间，我都会来黄老板的小吃摊要一两红油抄手。

黄老板的小吃摊由一辆三轮车、一个煤气炉、一罐煤气、一个玻璃橱柜、两口锅、两张小木桌和七八个折叠凳组成。无人知晓它从这个城市的哪个方向而来，每天夜里十点，黄老板和老婆准时出现在红星路和蜀都大道交会的十字路口，同仁堂对面的马路边上。

同一时间，更多的小吃摊从城市四面八方鱼贯而出，游弋散落在大大小小的路口、小区、酒吧、KTV、夜总会、茶楼附近。几乎在每家小吃摊上都能吃到如下食物：各式的卤菜，口味不同的面，现包现煮的抄手和水饺，大同小异的醪糟粉子和醪糟蛋。它们在黑夜出现，立于昏暗街灯之下，远远望去人影憧憧，场景飘忽不定，犹如幻影。成都人把这类伙食叫做——鬼饮食。

雾气更浓寒气更深，我坐在板凳上手脚冰凉。黄老板的老婆在锅边忙碌，十张抄手皮在她手里快速包抄成形，扔进沸腾的水里。没过多久，一碗红油抄手端到我面前。我搅动调羹，十个白色元宝瞬间被碗底的辣椒染得通红，芝麻酱和花椒混合的香气让人精神为之一振。不过几分钟的功夫，一碗抄手连汤下肚，嘴唇因为辣椒和花椒的刺激而颤抖，身体开始发热，冰凉的四肢暖了过来。

抄手源自古代北方，在北方它不叫抄手，叫馄饨。传到上海的时候，也是叫馄饨，但到了四川就成了抄手，大概四川人认为抄手皮左右对角相交，实在太像一个人两手包抄于胸。继续往南传，他们把它叫云吞，比如广东和香港。也有叫扁食的，比如福建一带。

四川抄手以红油抄手为代表，馅料为纯肉馅，不同于上海人的馄饨，会在猪肉馅里加入剁碎的荠菜，馅儿饱满结实，因为有荠菜调配，吃起来并不觉得油腻。也不像香港的鲜虾云吞，整只鲜虾与少量肉馅混合，咬一口虾肉弹牙，鲜美无比。四川人吃抄手吃的是味道：酱油、红油、芝麻酱、白糖、花椒粉混合成酱汁；汤头以筒子骨和鸡骨架文火熬制两小时以上，胶原蛋白彻底释放，形成雪白的浓汤，口感粘稠醇厚；抄手皮薄馅嫩裹挟着酱、汤，味道丰富入口绵长。

旧时的抄手皮都是手工制作，现在生活节奏快，一般去面条摊买机器压制的。肉选五花肉或背柳肉，加入姜一起剁细，还可加入少量小葱碎去腥。剁好的肉馅儿放盐、胡椒、料酒和鸡蛋，手工慢慢铲，一直铲到用勺子舀起来往下滑溜，再放冰箱冷藏一小时后拿出来包。包抄手的方法有很多种，四川常见的是包成元宝状。正方形的抄手皮中央放入适量肉馅，再沿对角线折成三角形，最后将左右两侧的尖角包抄，沾上水粘合在一起。

辣椒和花椒是红油抄手的魂魄。花椒先炒熟，舂成粉末。辣椒粉也要选手工舂成的，一勺滚油扑将进去，火山喷发熔浆翻滚，香气四散。煮抄手的水要宽，大火猛攻，三五分钟即熟。抄手一次多包一些，放进冰箱冷冻起来，在忙碌的早上或失眠的夜晚煮上一碗，高汤做底，紫菜相伴，几滴香油和盐，即使没有红油的浓烈，一碗清汤的鲜美也足以抚平清晨的忙乱和深夜的荒芜。

红油抄手

Meal

食材

猪肉馅、抄手皮、生姜、香葱、鸡蛋、白胡椒、食盐、酱油、芝麻油、红油、白糖、芝麻酱、花椒粉。

做法

1. 生姜、香葱切碎后放入猪肉馅。加入盐、酱油、芝麻油、白胡椒、鸡蛋，沿相同方向铲打，直到用勺子舀起，肉馅向下滑溜，然后放入冰箱冷藏一小时。
2. 适量肉馅儿放入抄手皮中央，对折面皮，以中指为支点，将左右两角包抄重叠，沾水粘合。
3. 锅中烧水，水开放入抄手，大火煮至沸腾掺凉水，水再开两三分钟后即可捞起入碗。
4. 碗里提前调入酱油、白糖、红油、花椒粉、芝麻酱、葱花和适量高汤。

麻婆豆腐三点水

十月的广州，立秋后依旧闷热潮湿。在通往顺德的高速公路疾驰前行，车窗紧闭，空调往外吐着凉气，像一条蛇张狂地吐着信子，凉得人彻头彻尾头脑发胀。

阿波从后视镜里瞄了眼斜靠在后座半天没说话的我，啪！扔过来一个塑料袋："难受就含几颗吧，每次开长途我都来点儿，提神得很。"

打开塑料袋，一股强烈的香气扑鼻开来，作为嗜麻成瘾的四川人，对眼前这一堆粉红色的小颗粒并不陌生，"今年的鲜货？哪里搞的？"

"老家寄来的。"

"老家？你也是四川人？"我顿时来了精神。

"湖北人，我们那里也产花椒，不是只有你们四川人才吃麻，我们也吃的哦！"阿波一副不屑的腔调，原本已从后座探起身子的我又缩回座椅里。“花椒在我们那边家家都种，除了当佐料还治病，什么感冒头痛含几颗一会儿就好，每年新花椒上市外地客商就来收货。”阿波一边开车一边说。

这是我第一次知道在四川之外还有热衷花椒种植，并且跟四川人一样嗜麻成瘾的人。在这之前，我对花椒的认识仅限于著名的清溪贡椒，它曾经是送到皇宫供帝王家族享用的贡品。在四川，去到川北、川西地势高耸气候干燥土质泛沙的山坡上，并不难见到花椒树，但是想买到真正的贡椒，则要去到汉源县清溪镇建黎乡牛市坡，只有那里出产的花椒才能称为“椒中之魁”，才是地方官吏用以取悦朝廷长达1300多年的上等之物。

牛市坡的花椒又名“娃娃椒”，因每一颗花椒的底部都带有一对小颗粒，好似两个小娃娃而得名。没有品尝过它的人，只需一小颗就足以让人拜倒在它的脚下站不起来。取小小的一颗放进嘴里，用舌尖推送到齿间，嚼一嚼，或吐掉或咽下，请静待那个时刻的到来。先是一股香气直窜脑门，接着嘴唇泛起涟漪，一圈一圈往外荡漾，无法合拢的嘴漩涡般扭转翻腾，眼神逐渐迷离，大脑停止转动，所有的器官都追随口腔里的那个深渊而去，让暴风骤雨来得更猛烈些吧！几分钟过去，涟漪越展越大，漩涡褪去不复，湖面光洁如镜，意识逐渐回归，心绪归于平静，先前的狂野

在成都人眼里，用猪肉代替牛肉，葱代替蒜苗，嫩豆腐代替汩水豆腐的，都不能算正宗的麻婆豆腐。

似乎从未莅临过。

这就是清溪贡椒的威力。只可惜现在很难有人能品尝得到，因为牛市坡的花椒产量并不高，除了延续它千百年来的身份特供给特殊人群，剩下为数不多的一上市，还没出牛市坡就被各路人等高价买走。买它的人或送人或留着自己品尝，也有商家上门收货的，收回去捧出一掌掺杂在其他汉源花椒中，打出贡椒的名号出售。这样做已算有良心了，更多的时候在市面上看到的清溪贡椒跟清溪没有任何关系，最多只能算汉源花椒。

如此这般地细说花椒，只为了麻婆豆腐这道名菜。麻婆豆腐的麻，原本并非指花椒的麻，而是这道菜的创始人陈春富之妻陈氏脸上的麻子。这道菜麻、辣、酥、嫩、烫的特点，又与花椒的“麻”脱不了干系，所以每次提到这道菜，脑子里第一反应的是那些铺撒在豆腐表面的花椒粉粒，而不是陈氏麻婆脸上的小黑点儿。一个人的绰号与一道菜的特性这般暗合，不知当年戏谑陈氏容貌的人想到过吗？

创立于清朝同治元年的陈兴盛饭铺是陈麻婆川菜馆的前身，饭铺坐落于成都城北万福桥南岸，那个时期万福桥上行走的贩夫走卒、抬轿苦力常来店里光顾，通常他们会拎着清油、牛肉、豆腐交给陈氏加工。这个习惯一直延续到解放后，直到饭铺日渐壮大，几次搬迁，最后落脚西玉龙街改名为陈麻婆豆腐国营店。

麻婆豆腐的名声如何远扬，甚至飞越重洋飘香各国唐人街已无需赘述，但经过上百年的演变，特别是离开四川定居外地后，每一次吃到的麻婆豆腐与小时候的那一口已相去甚远。现在不少餐厅的麻婆豆腐用猪肉替代牛肉，用嫩豆腐代替沮水豆腐，用葱代替蒜苗，几乎都不会撒花椒，唯有豆瓣酱没被替换掉。当然，如果连这个也被置换的话，就真不知吃的是哪家的豆腐了。

对一道名菜的肆意篡改常搞得人哭笑不得，曾经遭遇外省人质疑我买北豆腐（外省很少有沮水豆腐，常买北豆腐代替）做麻婆豆腐的动机，在他们眼里，麻婆豆腐应该是细嫩的，夹不起来的，需要用勺舀食的，就更别提牛肉和蒜苗了，大多数人闻所未闻。民间食客没吃过正宗的“陈麻婆”胡乱理解尚可原谅，有时遇到专业人士自以为是，就只好无言以对。前阵子看一个美食节目，几位明星比赛做这道菜，专业评委逐个点评，夸赞之词此起彼伏，镜头一一滑过那几道豆腐，无一例外不见牛肉和花椒，不见蒜苗只见葱。上网一查几个评委的背景，清一色来自南中国，好吧，一笑而过，但因他们而起的对制作麻婆豆腐的误解怕是覆水难收。

备齐了上述几道材料，麻婆豆腐的制作工序较多，但并不复杂。先将豆腐入水放少许盐焯一下，同时另一口锅中放油，油热倒入牛肉末炒制酥嫩后起锅备用。锅里再放油，依次放入豆瓣酱、姜米、蒜末、芽菜、牛肉末，炒出红油后，倒入适量的水，水里加少许糖和酱油，水开放入豆腐，煮入味勾芡，起锅前再放蒜苗，装盘撒上现舂的花椒粉即可。花椒既然已不可能买到真正的贡椒，就选用汉源出产的，紧邻清溪牛市坡，汉源花椒也是全国有名，虽算不上贡品，但也是上品。

据说，最初的麻婆豆腐是不放豆瓣酱的，仅用豆豉加辣椒粉炒制出红油，大概是嫌用辣椒粉炒制红油辣得太过浓烈，后人才将其换成了豆瓣酱。一道麻婆豆腐最难把握的是如何让豆腐不老还能入味，豆腐焯水的时间和第二次入锅的时间不宜太长，不能等到豆腐凉了再入锅。而如何为豆腐勾芡则是让豆腐入味的关键，著名诗人石光华老师在《为麻婆豆腐而奋斗》里教了一招：点三次芡水。“地道的麻婆豆腐，要勾三次芡。第一次勾芡后，豆腐会吐水，汤汁不浓。然后第二次勾芡，再吐水，豆腐更嫩，更入味。第三次勾芡，同时加入青蒜苗节、牛肉末，汤汁收浓，香气四溢。”

品尝麻婆豆腐要趁热下筷，有豆腐的软嫩，牛肉的酥脆，蒜苗的清香，花椒的麻缠绕着辣椒的辣。舀起一勺淋在米饭上，再来一碗蔬菜汤，这将是无数灰暗工作日中最炫目满足的时刻。

麻婆豆腐

Meat

食材

泹水豆腐（北豆腐）、牛肉馅、蒜苗、豆瓣酱、汉源花椒、辣椒粉、芽菜、姜、蒜、盐、酱油、白糖、芡粉。

做法

1. 花椒放入炒锅炒香晾凉后舂成粉末备用。
2. 蒜苗切成马耳朵，姜蒜切成粒。芽菜选用宜宾碎米芽菜。
3. 豆腐切成小方块。水开后放入豆腐，加入少量的盐将豆腐略焯一下。
4. 等待水开的同时另起一灶炒牛肉末。锅中放油，牛肉偏瘦，油可稍多一些，油热倒入剁好的肉末炒至酥嫩，加入少量酱油起锅备用。
5. 再起油锅，油七成热倒入豆瓣酱、姜粒、蒜粒、芽菜、辣椒粉，炒出红油后，再将炒好的牛肉末倒入翻炒，加入开水或高汤，放少量的糖和酱油烧开。
6. 捞起焯好的豆腐放入炒锅，让汤汁浸过豆腐。
7. 水再开后开始勾第一次芡，轻轻滑动豆腐，略煮一分钟后可见豆腐开始吐水，第二次勾芡。
8. 第三次勾芡时，同时下蒜苗，此时汤汁收浓，起锅。
9. 装盘后均匀地在表面撒上一层花椒粉。

请将我融化在油脂里

第三章

春风再美也比不上你的笑

你的确没猜错，“春风再美也比不上你的笑”是一句歌词，出自李宗盛的《鬼迷心窍》。说的是一个男人千帆过尽回首往事，一段当年情涌上心头，蓦然回望佳人已去欲求不得，遂后悔不迭吟唱哀歌——

有人问我你究竟是哪里好，

这么多年还忘不了，

春风再美也比不上你的笑，

没见过你的人不会明了。

………………

是命运的安排也好，

是你存心的捉弄也好，

然而这一切已不太重要，

我愿意随你到天涯海角。

都道薄情郎，然而，男人突然深情起来真让人手足无措，只不过抒情这东西，抒的时候情是真意也切，但要图穷匕见，怕又是另一番光景。不信，你让他真随你天涯海角试一试？

情人远去回头太难，春花烂漫一年一度。南方此时桃花梨花落红遍地，北方此刻玉兰含苞杨柳泛青。与满目春色同样引人遐想的，还有草地上的野菜和枝头的椿芽，不负春光从来与感官相连，饱览万物复苏，山山水水有了颜色，味蕾也蠢蠢欲动。

椿芽是香椿树的嫩芽，清明之前冒头，谷雨之后叶片由红转绿不可入口，故有“雨前椿芽嫩如丝”的说法。从十几米高的香椿树上摘取枝头的嫩芽需借助一根长竿，顶端绑上弯勾，轻轻地搭在香椿根蒂上，手腕用力一转，一朵朵椿芽掉落下来。

椿芽混合了樟脑和丁香的香气，气味浓烈，不少人觉得浓得过于古怪，并不接受，但喜欢的人当成美味。又因品鲜时间短暂，愈发显得弥足珍贵。珍贵归珍贵，做成菜肴的花样并不多，最常见的是香椿炒鸡蛋；加点儿面粉进去，又变成香椿鸡蛋饼；或者剁碎了与豆腐凉拌，做法与小葱拌豆腐一样；要不然裹上面糊下油锅炸；还有用大蒜和辣椒炝拌、用盐腌熟后拌面，很少见到与肉类搭配的。但香椿这类野生蔬菜经油荤才更显美味，不如试试与蒜泥白肉混搭，就是四川乡间常做的椿芽白肉。

蒜泥白肉是成都人的家常菜，选取带皮的五花肉或后臀肉煮

078
想找的人不在

熟后切成薄片，以红酱油、红油辣椒、蒜泥和肉汤调成酱汁淋于其上。这道菜要热吃，蒜香浓郁白肉不腻。椿芽中亚硝酸盐和硝酸盐的含量高于一般蔬菜，烹饪前先入锅用滚水煮两三分钟，可以去除三分之二的有害物质。焯烫过的椿芽绿意盎然，捞出来过凉水去根蒂切成细末裹在白肉里，最后淋上蒜泥白肉的酱汁。

椿芽白肉比普通的蒜泥白肉其味更鲜美，因为香椿中含有不少的谷氨酸，味精中的主要元素谷氨酸盐，就是由擅长分泌谷氨酸的细菌发酵而来。

肥瘦相间的五花肉与青翠娇嫩的椿芽，荤与素，红与绿，豪放与娇羞，犹如莽汉之于少女，猛虎之于蔷薇。春风再美也比不上你的笑，没见过的人不会知道，春光再浓也比不上你的娇，没吃过的人也不会知道。

椿芽白肉

Meal

食材

五花肉、椿芽、红油辣椒、红酱油（做法见63页）、大蒜、大葱、八角、香叶、食盐、料酒。

做法

1. 椿芽洗净，整根入滚水中煮两三分钟，颜色变绿后捞出过凉水，去根蒂，切成碎末备用。
2. 五花肉入锅，加入大葱、八角、香叶、料酒、少量食盐。煮熟后关火，焖二十分钟后，捞起晾凉切成薄片，肉汤备用。
3. 肉片包裹适量椿芽卷成圆筒装入盘中，将剩下的椿芽碎撒在四周。
4. 大蒜剁成碎末，与红酱油、红油辣椒、肉汤混合成酱汁，淋在白肉和椿芽上。注意肉汤温度要高，蒜香才浓，同时也才能保持这道菜上桌时是温热的。

请将我融化在油脂里

每过一阵子总会有读者留言问红烧肉怎么做？很纳闷这种技术含量并不高的菜，有那么难做吗？而问的人不间断出现，可见喜欢这道菜的人并不少。

一块带皮的五花肉切成方块，加热铁锅倒入少量色拉油，油温七成时加红砂糖（或冰糖）改文火炒出焦糖色。接着五花肉下锅，炒到水气蒸发肥肉吐油，适量料酒去腥，老抽调味，最后倒入开水盖上锅盖小火焖煮四十分钟，待肉质细软，调大火势收汁出锅。秋冬季节可与板栗同烧，春天新笋上市，将笋掰碎了提前焯水去除草酸和涩味，肉出锅前十五分钟扔进去能增鲜不少，春笋吃起来跟油焖春笋一个味。

也有不加任何配菜的，湘菜和上海菜餐厅常见。成都烧菜馆里的做法略有不同：肉切得秀气，如樱桃般大小，成菜红彤彤亮晶晶很像山东大樱桃，连皮带肉一口一颗，不肥不腻，所以也叫樱桃肉。

与红烧肉的做法相比，让人为难的是对待它的吃心。在素食者和崇尚运动及所谓健康饮食的人眼里，一碗油光可鉴的吃食几乎等同于万恶之源。除了真正的佛教徒，荤素均衡算不算健康的饮食标准？运动的目的是为了吃得更禁忌，还是吃得更随性？

我奶奶活了九十三岁，一生酷爱吃肉，而且是肥肉，尤其晚年对入口即化的炖肘子、红烧肉、咸烧白更是乐此不疲。长寿和吃肥肉之间并不矛盾的例子不胜枚举，脂肪囤积体内代谢不充分导致胆固醇增高，一是因为你吃得过多了，二是因为你动得太少了。在健康这件事上，除了节制食量和足够的运动消耗，剩下的全靠拼八字。比如，我爷爷肩宽腰细，肌肉线条清晰，按照现代审美是标准的倒三角，他老人家只活了六十多岁就驾鹤西去，病因是肺癌，而他一生既不抽烟也不喝酒。

闺蜜风流氏有阵子对油脂一往情深，去她家聊天到深夜，捧出一碗新炸的油渣，夹了一小块搁嘴里嚼。灯光下她面如桃花，一头乌黑秀发闪闪发亮。另一位闺蜜Airflyer也是无肉不欢，有段时间我身体欠佳看中医，她号称不舒服吵着要同去，医生搭脉后一脸不屑说，你这身子没啥毛病，真想得病，就把肉戒了吧。

家里最近添了位新成员，一只金色的拉布拉多犬，三个多月大。这几天软软的胎毛逐渐褪去，背上长出成年狗的粗毛。有懂狗

的人指点说，应该给它开荤了，你看这皮毛干涩是缺油脂。夜里，作为一个饮食结构偏素的人，我站在浴室镜子前从上到下仔细打量了自己一番，若有所思。镜子里的那个人皮肤粗糙、面色暗淡、发色无光，天一亮，我是不是应该先给自己开个荤？

板栗红烧肉

Meal

食材

五花肉、生板栗、老抽、料酒、红砂糖、色拉油。

做法

1. 挑选已去掉硬壳的板栗，放入沸水中煮五六分钟，冷却后浸泡半小时剥掉栗皮备用。
2. 五花肉切成小方块。
3. 热锅冷油，油温七成热时放入红砂糖，文火炒糖色。
4. 砂糖融化后入五花肉开小火炒，至水气蒸发，肥肉开始吐油，再炒三五分钟，把肥肉中的油脂逼出多一些入口才不腻。
5. 加料酒去腥气，同时入老抽和开水，水量以高出食材三分之二为宜。
6. 文火焖煮四十分钟后倒入板栗，中火煮至板栗熟透，最后大火收汁起锅。

姑且叫它处女菜

一直在想，自己是什么时候开始学会做饭的？做的第一道菜又是什么？老实说，这方面的记忆几乎是空白，根本想不起来第一次拿起菜刀，抄起锅铲是什么时候？每当我试图搜索出我的烹饪启蒙第一课时，有一幅画面总会跳出来挥之不去，但我也清楚地知道，这个画面里出现的菜肴制作难度绝不是我那个年纪能够胜任的，所以它一定不是我的处女菜，可是鉴于它出现的频率如此之高，在我能够追溯到的有限记忆里，也只能将它视为我最早学会的菜。

那是上个世纪八十年代，是一个还不知道藤藤菜也叫空心菜的年代，我还只是个扎着马尾辫的中学生。那时候的人家通常至少都有两个孩子，如果你不幸身为长子或长女，帮厨的任务自然会落在你身上，而这个“课外劳动”的启动时间一般是在期末考试结束后的第二天。

一大早你还没来得及把欠了一个学期的瞌睡补回来，大人们已经买完菜站在床头摇醒你："早饭在桌上，吃完就写作业，我回来要检查。十一点把菜清理干净，肉在锅里，加一瓢水，撒几颗花椒，水开了煮十五分钟就捞起来，等我回来再炒。"临出门生怕你又倒头大睡，一定要看着你站在水池前开始刷牙洗脸才放心地上班去。而此时接收了一连串的絮叨，再好的瞌睡也彻底清醒了，一边刷牙一边瞄一眼旁边的菜篮子：一块冬瓜、一把蒜苗、一把藤藤菜。揭开锅盖，一块二刀肉安静地躺在里面，不用想都晓得中午的吃食是回锅肉、冬瓜汤、清炒藤藤菜。

这老三样几乎贯穿了整个暑假的中午餐桌，最长记录是连续吃了四五天，一家人居然没吃腻，中间偶尔被泡豇豆炒肉末、土豆丝或者凉面打个岔。四川人对回锅肉的喜爱和用情之专代代相传，它曾经一度是"打牙祭"的代名词，也是流落四处的川人聚会时必点的一道家乡菜。前些日子有网站向大众征集"国民家常菜"，点开看了看，投稿的内容包括西红柿炒鸡蛋、小葱拌豆腐、酱牛肉、炝炒圆白菜等等。伟大祖国地域辽阔，人口众多，口味复杂，别的地区最能代表国民口味的家常菜是什么我并不了解，但在四川人的眼里，怕是只有回锅肉能担负起川菜众味挑战各地人家餐桌的重担。

写一会儿作业，看几页小说，不知不觉就到了十一点。捅开蜂窝煤灶，等火苗蹿起来，按大人吩咐的，先往锅里加一瓢清水，撒几颗花椒，把整块猪肉放进去，盖上锅盖，煮。等肉煮好的时间，开始打理藤藤菜，只取最嫩的部分，连杆带叶摘下来清洗干净，搁一旁沥水。蒜苗掐去头上的白胡子和尾巴上的老叶子，一根根冲洗。冬瓜去皮去瓤切成厚薄不匀的小方块，装碗里备用。为啥厚薄不均？不为啥，刚学厨刀工不好。做完这些，差不多正好十五分钟过去，肉也煮好了，夹出来放一旁等大人回来。

十一点四十五分左右，大人匆忙进屋，直奔厨房抄起一个小汤锅，把煮肉的汤和冬瓜倒进去，拍一块姜往里一扔，端起锅架在煤油炉上开始煮冬瓜汤。不能用蜂窝煤灶，要留着炒菜用。那时的厨房炉灶不可与今日同语，现在的天然气至少都有两孔灶，豪华的甚至有四孔还带烤箱，那时每家只有一个蜂窝煤灶，做饭时捅开，一个煤球大约可做一顿饭，饭做好再加新煤球，上面放上一壶水用余温煨着。家里大人的工作单位因为离家近，中午都会赶回家给我们做饭，很多家庭一般都在单位食堂解决。但即便这样，午休时间还是像打仗，一个炉子做饭根本来不及，所以配备了煤油炉提高效率。

一边煮着冬瓜汤，早起就蒸好的米饭重新放蒸锅里加热。这空档开始切肉，二刀肉切成薄片，蒜苗斜刀切成马耳朵，豆瓣酱剁碎。

五花肉｜生姜｜大葱｜冰糖｜豆瓣酱｜大蒜｜花椒

起油锅，油热下切好的肉片翻炒，慢慢熬出油脂，一勺甜面酱入锅炒匀，油越出越多，肉开始微微打卷，加入豆瓣酱继续翻炒，直至炒出红油，下蒜苗翻炒数下断生起锅装盘。接着是清炒藤藤菜，与回锅肉相比，这道菜就简便多了，少量的油加盐，火大的话，三两下炒炒就好。“摆桌子！”随着大人的一声喊，米饭已经盛好，饭桌上一荤一素一汤，再捞出点洗澡泡菜，一家人坐定，开动。

在四川人的餐桌上，用蒜苗搭配回锅肉的确是最经典的一款，但并不是唯一的一款，与这道菜相配的素菜五花八门，这点从回锅肉家族的花名册上可一窥端倪，比如干豇豆回锅肉、青椒回锅肉、土豆回锅肉、咸菜回锅肉、锅盔回锅肉、香干回锅肉等等。而猪肉的选择除了二刀肉也可选五花肉，二刀肉也叫后臀尖，靠近猪后腿的部分，这里的肉肥而不腻，瘦不塞牙。但现在的二刀肉肥肉太少，瘦肉太多，口感欠佳，不如用五花肉更好，一层肥一层瘦，一层白一层红，最惊艳是裹着外面那层皮，进到嘴里皮滑弹牙香糯可口，比二刀肉更适合作为首选。

蒜苗回锅肉

Meal

食材

五花肉、蒜苗、姜、葱、花椒、料酒、食盐、甜面酱、豆瓣酱。

做法

1. 五花肉洗净入锅，加清水、一块姜、一节葱、几颗花椒、一点料酒，水开后再煮20分钟左右，因为五花肉带皮，多煮一会儿确保熟透。
2. 肉熟后捞起晾凉，切成薄片。肉汤留着可放冬瓜或萝卜煮汤。
3. 蒜苗切成马耳朵形状备用。
4. 锅里放入极少量的油，油温八成热下肉片改小火慢慢炒，这一步也叫熬，意为将肉里的油熬出来。中途放入一勺甜面酱翻炒至肉片微微打卷，再加入豆瓣酱炒出红油，此时锅里的油越来越多，倒出一大半的油弃之不用。
5. 最后入蒜苗，大火翻炒数下，起锅前少量食盐调味。

紫苏添香饭遭殃

家中的下饭菜首推泡豇豆炒肉，一把泡了五六天的豇豆捞出来切碎，牛肉或猪肉剁成肉糜，下油锅加干辣椒或青椒圈大火快炒，出锅前给点盐和糖调味，端上桌通常是一扫而光。这道菜在四川家喻户晓，但被外省人熟知却是在湖南菜馆，那里有一道与它一脉相承，叫法有所不同的酸豆角炒肉末。湖南人把泡豇豆叫酸豆角，而在四川，豆角是另一种蔬菜。

家常菜看似简单，但要做得人人夸赞也并不容易。豇豆要选粗细均匀颜色青绿、用手捏一捏硬硬的那种才好。硬，说明肉质紧实，经得起泡菜水长时间的浸泡，吃起来不改爽脆。这种类型的豇豆在四川常见，北京很难遇到，今年一个夏天我仅在市场角落的菜摊上撞见过一次，通常见到的都是那种看起来圆鼓鼓摸起来软哒哒的货色。那天菜贩把它扔在一堆毛豆和新出土的花生中间，可怜巴巴的五六捆挤成一团，每捆约有两斤重，用皮筋一扎，一副不招待

紫苏

紫苏在中国的种植有2000多年历史。它的嫩叶可用来凉拌，茎叶和种子用以提炼成食用油。在日本料理中常见到紫苏的身影，它也是清蒸大闸蟹时的主要配料。

见的样子。即便这样，那青绿的颜色还是被我一眼锁定，实在是因为看多了平日白生生的劣等货，它的青翠显得格外诱人。几步上前用手挑出几根捏一捏，根根硬而实，好东西。买下一捆，遗憾家中没有足够多的泡菜坛把它们都收了。

有了这样的豇豆不怕做不出酸脆可口的酸豆角炒肉末，如果运气好，能买到紫苏叶，加入了紫苏的这道菜不仅好吃下饭，更因紫苏的异香平添了几分风情。

紫苏在四川也叫苏紫。圆形的叶子一面绿一面紫，夹在乱七八糟的野草中时常被人忽视，只是它散发的芳香又让人难以对它视而不见，摊饼时摘几片叶子切细混在面糊中做成紫苏煎饼；泡菜坛里也可以扔几片，能为坛水添香；炒牛肉、红烧鱼、拌黄瓜，几乎你想得到的小炒、拌菜，甚至是一碗普通的清汤面，都可以撒一点进去。江浙人蒸螃蟹会垫几片在肚子下面去腥，韩国人吃烤肉，日本人吃生鱼片也喜欢用它。

这类包含不寻常香气的芳香植物总能俘获成年人的味蕾，比如紫苏、藿香、香椿等等，但对于孩子来说，他们对美味的认知与我们成人全然不同。外甥女有一天在楼下玩儿累了跑上楼，饿得眼巴巴望着我要吃的，想起冰箱里有一包紫苏飞饼，立即拿出来，一边煎一边给她讲述紫苏有多美味。大概是被我喜滋滋的表情引诱，飞饼一煎好小妞子就迫不及待地抓起一块往嘴里送，嚼了两下“哇——”的一声哭了出来，边哭边吐：“有花椒！”原来大人眼中的美味到了孩子嘴里完全是另一种样子。只是不明白，她是怎么吃出花椒味来的，要知道至今她也没吃过一粒花椒啊。

紫苏酸豆角肉末

Meal

食材

牛肉糜、泡豇豆、青椒圈、紫苏叶、食盐、白糖、料酒、生抽。

做法

1. 牛肉糜与料酒、生抽拌匀腌十分钟。
2. 泡豇豆切碎，青椒切成圈，紫苏切碎。
3. 油温七成热下牛肉糜炒散开，依次加入青椒圈、泡豇豆炒熟。
4. 最后下紫苏翻炒数下，起锅前少量的盐和糖调味。

卤菜的逻辑

常常是这样，他们说所有的事情都应该遵守一些规则，才不至于迷失方向，在做菜这件事情上也是一样。他们给了一个菜谱，大致罗列了几种制作卤菜需要的香料，每一个步骤——从如何熬制卤水开始，到第一次下锅的荤腥，最后投入的素食种类，以及一锅酱汤反复煎熬浓缩成一盒老卤的办法。

第一步，你需要用鸡架和猪腿骨熬一锅高汤，然后是炒糖色。把冰糖捣碎放入油锅，小火炒到冒泡，再加入与糖粉等比例的热水，不断搅拌至糖浆成了棕红色，趁热分次倒进滚烫的高汤中，然后投入香料包，里面包括八角、茴香、良姜、花椒、胡椒、肉桂、香叶和辣椒，最后添加足够的盐，用小火熬出香味制成初卤。

首次下锅的食材由荤腥组成，可以是一只童子鸡，一条红白相间的五花肉，或一块筋肉清晰的牛腱子。无论是哪一种，都要提前焯水去掉血沫和腥气。不同的肉质对应不同的时间，煮熟后关火浸泡二三十分钟上色，再打捞起来斩件切片上桌。

但常常，严格遵守的规则总在瞬间被搅乱：一次猝不及防的相遇，一个莫名其妙的念头，站在香料摊前对着数十种香料的贪恋四起。除了他们说的八角、茴香、良姜、花椒、胡椒、肉桂、香叶、辣椒，那个像虫草、叫毕卜的东西长相实在诡异，必须来一点儿增添妖气。还有丁香，一听名字就想占有。白芷、三奈，常听我妈念叨，想来是好东西。砂仁、草寇、陈皮能去腥，也要。还有草果，常被不识货的人误认为罂粟壳，有阵子打击在火锅中掺加罂粟壳的商家，草果屡受牵连，遭受各种诬陷，必须给它平反。对了，罂粟壳还有吗？有的话也给来点儿？哦，对不起，又走偏了。

前后总共十六种香料，比十三香还多出三味，悉数凭心情各抓一点儿放入香料包。高汤太寻常，操作又费时，配不上女巫的炉灶，三两瓶料酒（或啤酒）加清水勾兑，烧开投入香料包和炒好的糖色、盐，熬出一锅还魂汤。童子鸡、五花肉、牛腱子轮番下锅煎熬洗练，几次三番，锅中卤水已无当初寡淡之色，各种肉香交织扩散，一锅欲念无处安身，最后全凭豆制品搭救，豆腐干、豆腐皮、豆筋超度肉身，裹走油腻后似素非素，似肉非肉。

厨房的规则并无逻辑可循，或者说厨房的逻辑就是没有逻辑。

八角 | 孜然 | 胡椒 | 花椒 | 香叶 | 草寇 | 良姜 | 陈皮 | 白芷 | 辣椒 | 肉桂 |
三奈 | 草果 | 砂仁 | 毕卜 | 丁香

豆筋

豆浆加热后表面起膜，用一根竹棍一层层卷起来，烘干后去掉中间竹棍，其形状像木棒。烹饪前用水泡发，可凉拌、卤煮，或与五花肉红烧。

没有逻辑的并不仅限于做菜的人，吃的人也时常异想天开，挑战常规。夏天回成都，朋友海总极力推荐一家卤菜店，问他究竟哪里好？只说，去了你就知道了。再好也是卖卤菜，又能怎样？并不好奇，甚至怀疑他小题大做。临去机场前，海总特意过来送行，并执意带我去那家卤菜店，说必须吃了再走。半拖半拽地去，坐下来，面前一个瓦斯炉，炉上一口小锅，锅中卤水沸腾翻滚，桌上一大盘煮熟的卤菜，有牛肉、牛杂、排骨、鸭胗、豆腐干。海总二话不说，端起卤菜全部倒入锅里，又拿起一小碗，碗里有香菜、小葱、蒜泥、花椒粉、小米椒和香油，海总往碗里舀了一勺卤水，双手捧着递我手里："请，沾着这个调料吃肉！"

从锅里捞出一块牛肉塞进嘴里，裹着滚烫的卤水，搭配香辛类调料的蘸水，卤牛肉的浓香呈递进式增长，我不断举箸夹菜，埋头咀嚼，夜风吹过，酣畅淋漓。海总瞄我一眼，大喊一声："小妹，给这人上一份白面锅盔，要吃就一步吃到位，省得她走了又想。"

事实上，走了总归还是会想，没有逻辑的做和没有逻辑的吃迎面相撞时制造的冲击波，震得人隔着千里之距，在每一个回想起来的时刻，唇齿之间香味犹存，垂涎难忘。

香料

香料的选择不管如何因人而异，必不可少的有八角、香叶、桂皮、良姜、花椒、茴香和胡椒。其余种类只要看得顺眼的，都可以往里添，烹饪的乐趣有时就是试错的过程，实在担心自己没天赋又不敢试错，可以买现成的十三香。

汤水

不怕麻烦就熬一锅高汤吧，否则用清水也可以，只不过用后者熬出来的初卤需要多卤几次荤菜才能沾上油腥气，之后卤出来的菜会更香。料酒或啤酒的使用是想起啤酒鸭时的灵光乍现，料酒富含氨基酸，不但可去除荤菜的腥气，也为其增香。啤酒的作用与料酒类似。两种酒度数都不高，经高温后能全部挥发，不用担心吃起来有酒味儿。

炒糖色

控制火候是重点，文火慢炒，如若发现温度偏高立即关火，等温度降下来再点火，以避免焦糊。四川的卤菜上色主要靠糖色，一般不用酱油——酱油会使菜色变黑。北方的酱牛肉做法与四川的卤牛肉类似，但颜色偏暗黑，那是因为加入了黄酱。两种牛肉风味略有不同，但都很好吃。

卤水的保存

新鲜卤水反复使用才能越来越香，最终形成老卤。卤水一般使用两三次之后香味会减弱，需添加新的香料包进去补充。卤菜前尝一尝卤水，盐的分量也要根据情况添加。每次卤完菜后，卤水要过滤干净，以防止残留的剩菜坏汤。过滤后的卤水烧开，尽量熬成浓稠的液体，晾凉倒入保鲜盒或食品袋，密封后入冰箱冷冻成冰块，下次使用时添加水分稀释即可。

卤水的秘诀

Meal

食材的处理

荤菜都需先焯水，彻底去除血腥气，然后放在流水下里外清洗干净，才可开卤。素菜常做的有各类豆制品和海带，煮的时间都不宜太长，一般开锅即可。海带本身含盐，最好提前用清水泡上十几个小时稀释盐份，中间要换两三次水。

吃法

通常直接食用，也可以做成凉拌菜，比如凉拌豆筋：卤好的豆筋切成马耳朵加葱丝、花椒粉、辣椒油、白糖拌匀，味道比直接吃丰富不少。

第四章

自由主妇的红绿肥牛

疯狂主妇的体面回归

每一位家庭主妇，暗地里都期盼着一个时刻的到来。

某个工作日的清晨，男人拖着前一天夜里女人为其收拾好的行李箱走到玄关，一边穿鞋一边叮嘱，老婆，我不在家的这几天，你要按时吃饭，不要熬夜，要照顾好自己。女人频频点头，一定，一定，请放心。男人将信将疑地走向电梯，跨进电梯的一瞬间，转身给了女人一个大大地拥抱：走了。女人含笑回应：一路平安。

眼看着电梯门缓缓阖上后，女人转身进了屋，掏出手机，点开闺蜜群，敲下几个字：某人出差了，要走三天。很快，有人回：恭喜。叮咚——，又一条回复过来：郁闷，某人出差回来了。

家无户主的日子，主妇内心的雀跃是婚姻之外的女人无法理解和分享的。那些接踵而至的疯狂与无聊举动带来的莫名喜悦，也只有婚姻中的女人才能心领神会。那些疯狂包括：没有人在你眼前指手画脚，你可以蓬头垢面，一件睡衣三天不换，然后尽可能推掉所有外出的邀约，大门不出二门不迈。那些无聊包括：捧着ipad，把朋友圈转发的文章点开逐一批阅，分出哪些是有品位的，哪些纯属心灵鸡汤；接着，再把某宝里感兴趣的店家逐个逛一遍，比较一番，一一放入购物车，就是不买；夜半三更瞪着一双失神的眼睛盯着电视，荧屏上美国政客们正在上演一场尔虞我诈的攻坚战。天快亮了的时候，最后一集总算落幕，关掉电视倒头要睡的瞬间，想起自己还不算最无聊的，闺蜜中某著名女士曾在老公出差的日子通宵守着电脑玩游戏，那是只有儿童和老人才热衷的连连看。

婚姻中的女人在男主人出差，家中既无小孩又无老人需要照顾的日子里，简直犹如身在天庭，空气中每个分子都散发出自由的气息。这种气息释放得恰到好处，足以搅乱平日里女人精心维持的好秩序和好习惯，把所有无聊又无趣的事情做一遍，却又不逾矩。同时它的感染力极强，有女友甚至迫不及待打来电话预约：“过几天家里那位也要出门，到时候你可以来我家住！”兴奋的话语里全然忘了两家人其实同住一个小区，需要这么疯狂吗？

在所有的混乱中，连日常最讲究的吃也变得乱七八糟，毫不挑剔。第一天最好打发，前一日精心炖好的鸽子汤还有剩余，热一热配上法棍就是午餐；冰箱里最后十几个冻饺煮煮可以当晚饭。第

海南黄辣椒

按照国际测量数据，黄辣椒的辣度高达170000SHU，是中国辣椒中最辣的品种。作为佐料，它能极大地促进食欲，除去鱼腥味及杀死病菌。

二天，熬夜泡剧，醒来已近中午，菜筐里还有两个土豆，煮熟了沾盐和辣椒粉，久违的吃法勾起对学生时代的回忆；晚饭就泡一碗方便面，卧个鸡蛋，这也是青春年少时的最爱。第三天，距离回到人间的日子以分钟计。早餐把最后两个鸡蛋煮了，中午饭万万不能下厨，可不能把宝贵的自由浪费在厨房里。翻出最后半袋饼干，就着茶水和最后两集英剧一起咽下。扛到傍晚，隐约觉得口舌寡淡，胃里空空荡荡，太想来一顿大鱼大肉。此刻，距离男人进门的时刻还有最后一个晚上，理智上提醒自己争分夺秒，毕竟自由最可贵，不争气的味蕾却又发出“主人，请赐我一顿美食”的哀求。可是这个时间菜场已关门，洗漱出门去超市简直就是自讨没趣，想起了楼下小店常年备有冰冻肥牛，不如做个泡椒肥牛，即满足了口欲，又符合男人走时提出的好好吃饭的要求。

小店老板娘很快送来肥牛、木耳和金针菇。肥牛这种食材就是为讲究吃的懒人和应对突然造访的客人准备的最佳肉类，薄如纸片的体型缩短了寻常肉类解冻的时间，只需将其泡在水里十几分钟即可化冻，再反复用水冲洗几次就可将血水去除，避免血腥气肆意破坏了一锅香气扑鼻的浓汤。接下来不管是做泡椒肥牛还是凉拌肥牛，端上桌的那一刻，都会为主妇博回颜面。

等待肥牛化冻的时间，把金针菇去根洗净，木耳撕成小朵备用。大蒜切片，大葱切成马耳状，生姜、青红辣椒切圈、野山椒切碎。起油锅，油热放入八角和花椒煎出香味，捞出弃之不用。接着依次放入切好的大蒜、葱、生姜、青红椒、野山椒、海南辣椒酱，炒出香味后加清水煮开，水里加少量盐和生抽，放入木耳、金针菇。开锅后倒入肥牛，待肥牛煮至全部断生，两勺白醋和少量白糖调味，关火起锅。

一碗红红绿绿荤素交杂的美食，再配以一碗大米饭，出差在外的那位要是知道了，会不会因为家里那位生活如常而倍感欣慰呢？而家里的那一位又会不会在动筷前，拍个照片发到朋友圈，以安慰某人的担忧，同时将自己连日里日夜颠倒疯狂无聊的行径拉回日常正轨呢？

泡椒肥牛

Meal

食材

肥牛、木耳、金针菇、青红辣椒、野山椒、海南黄椒酱、大葱、大蒜、生姜、八角、花椒、食盐、生抽、白醋、糖。

做法

1. 肥牛放入清水中解冻，泡软后换水，直至肉色由红转白，这样煮出来的肥牛不带腥气。
2. 金针菇洗净切断。大蒜切片、大葱切成马蹄状，青红辣椒切圈、野山椒切碎。
3. 起油锅，油热放入八角、花椒煎出香味后捞出不用。
4. 趁油热依次放入切好的葱姜蒜、青红椒、野山椒、一勺海南黄椒酱炒香。锅中倒入适量清水、一小勺食盐、两勺生抽。
5. 水开后木耳和金针菇入锅煮熟捞入碗中垫底，再倒入肥牛煮至断生，关火起锅前加入两勺白醋和少量糖调味。

烟笋烧牛腩及周花花的口福

自认不是一个喜欢自夸的人，但在这道烟笋烧牛腩面前，我这个一自夸就心虚的人也不由地挺直了腰板。在会做的众多菜肴中，这道菜已经过无数朋友及家人的舌头检验。朋友们都知道我爱烹饪，但如果不提前约定，很少有人能吃到这道菜，而周花花是个例外，她绝对是闺蜜中口福最好的一个。

认识周花花得于妙妙的介绍。那时刚到帝都，人生地不熟，朋友也少，生活过得没有滋味。妙妙看我快宅出毛病，说，给你介绍个女朋友，你俩都是从西南嫁来北京的，年纪相当性格相近，应该能成为闺蜜。果然，相同的工作经历，相近的性情，最重要的是周花花虽不是成都人，却是在成都读的大学，讲一口标准的成都话，跟我一拍即合，插科打诨各种默契。平时我俩一个住朝阳一个住海淀，大多数时间都是在朋友圈里互开玩笑相互娱乐，每次见面需提前几天约时间，还经常因各种突发情况取消约会，毕竟在北京这样的城市，朋友之间见个面不如成都、上海来得方便随性。虽然厮混在一起的次数并不多，但在为数不多的时间里，至少有三次，周花花进城办完事，接近中午，突然一个电话拨过来，说是饿了要过来蹭饭，而此刻，我这边，这道烟笋牛腩正好刚出锅。人和人的缘分常常神秘得不明所以，而人和美食的缘分更是让人不得不服气。

这是一道红烧菜。按百度知道的解释，红烧菜的成品多为深红、浅红或枣红色。也就是说，烹饪过程中会加入易上色的老抽、豆瓣酱等调味料。奇怪的是，在北方，人们把这类加入了酱油上色、烹饪方法一模一样的菜叫做炖菜，比如炖牛肉、小鸡炖蘑菇、炖鱼。而在成都，炖菜是不大可能用到酱油类能改变食材本色的调料的，比如炖鸡汤、炖排骨、萝卜炖牛腩等等。特别是萝卜炖牛腩，在成都人眼里它与萝卜烧牛腩天然有别，最多能算龙凤胎，但肯定不是双胞胎。前者仅用清水，长时间小火煲熟，吃时沾上由生抽、红油辣子调和的蘸水或由盐、辣椒粉、花椒粉、香菜末、高汤混合的“胡辣子”。而萝卜烧牛腩的调料中不仅包括老抽、豆瓣酱、干辣椒等辛辣易上色的调料，连烹饪的方法也与炖牛腩单调地“煲”不同，它包括了煮、炒、煲三步。

煮，即煮出牛腩中的血水，去掉腥气。平时大家习惯的说法是“焯”一下，实际上是不准确的。焯通常时间不长，短则几十秒，

烟笋

新鲜的笋经过柴火熏烤后制成笋干，既方便储存也有一种特殊的香味。

牛腩

牛腹部及靠近牛肋处的松软肌肉，带有筋、油的肉块，适合红烧或炖汤。

长也不过一两分钟，这样的时间不足以把牛肉中的血水去除。要将血水除干净，开锅后至少还需煮十分钟，这期间大火猛烧，牛腩上下翻滚，带有血丝的泡沫逐渐浮出水面，越聚越多，空气中也有一股浓烈的肉腥气。随着时间的流逝，锅里的血沫渐渐变小变少，能隐约闻到牛肉香了，之前大块的肉也缩小了一些。好了，减肥成功，这时候血水才算被全部逼出来，为接下来的“炒”，开了一个完美的头。

关于为牛肉去腥的办法，除了上述路人皆知的惯常做法外，身为吃牛肉长大的人家的媳妇，我还跟公公学到了一招——泡。提前半天将牛腩放进水里，中间换几次水，大概两三次后，肉从最初的猩红变成粉红，就可以切块下锅了。因为少了煮的环节，炒制时就需时间长一些，直到肉里剩余的血水蒸发掉，锅里只剩油，而不是水油混合物，才能再加水文火慢煲。

给牛腩去腥气是这道菜成功的第一步，接下来是炒。锅里倒油，放入少量的冰糖，文火熬化。牛肉本身偏甜，所以冰糖的量要少，主要作用是为这道菜提亮，而不是吃起来有甜味。

冰糖熬化后，将去除血水的牛腩下锅炒，调大火势，边炒边依次加入姜块、大蒜、八角、花椒、干辣椒，然后一勺郫县豆瓣下锅，换小火，期间手别停，以避免豆瓣酱沾锅。直到炒出红油，再下料酒两大勺，老抽一勺，盐少许。最后，倒入适量的热水漫过食材，水量以高出食材三分之二为宜，为后面的煲煮预留出蒸发的水量。

大火将锅里的水烧开，准备好砂锅，放入香料包，将炒锅中的食材全部倒入砂锅，文火煲一个半小时后，再加入提前泡发的烟笋，继续煲三十分钟，关火撒上香菜点缀，上桌。

烟笋是将新鲜的竹笋煮过，经炭火烘干，然后烟熏而成。如此处理过的竹笋方便储存，吃起来有一种别样的风味。一家人围着餐桌吃肉嚼笋，此时如若煮一碗刀削面，用烟笋烧牛肉的汤汁调味拌面，就是一碗香浓的川味红烧牛肉面。

烟笋烧牛腩

Meal

食材

牛腩、烟笋、生姜、大蒜、八角、干辣椒、花椒、冰糖、豆瓣酱、料酒、老抽。
八角、桂皮、丁香、香叶、三奈、白芷、良姜、孜然、毕卜等香料装入香料包。

做法

1. 烟笋提前泡发，中间勤换几次水。
2. 牛腩切成方块，与大葱、生姜、料酒同时入锅，煮出血水捞出备用。
3. 锅里倒油，放入少量的冰糖文火熬化。
4. 牛腩下锅翻炒，依次加入姜块、大蒜、八角、花椒和干辣椒。
5. 一勺豆瓣酱下锅，改小火慢炒，直到炒出红油，加入料酒两勺，老抽一勺，少量食盐。
6. 炒锅中倒入足够的热水漫过食材，大火烧开。
7. 换砂锅，锅中放入香料包，将煮开的牛肉全部倒入，文火煲一个半小时后加入切成段的烟笋。继续煲三十分钟，上桌前撒上香菜。

皇城坝蒸牛肉的最佳CP

还是在纸媒的黄金时代，那时的媒体人走在大街上尚有“阳光打在你的脸上，温暖留在我们心头”的豪情，每天收工后，大家就张罗着四处觅食。文迪是我们这一群人中最会吃的一位，有一天他神秘兮兮地告诉大家，他发现了一家藏在居民楼里的小笼粉蒸牛肉，味道绝对正宗。

一行五六个人跟着他在报社附近的小巷子里穿梭，中途还有人走散了，大家就站在原地等，聚齐了继续走。最终他把众人领到了一间小平房前，没有招牌。“喏，就是这里”，文迪兴奋地推了推鼻子上的眼镜，扭头招呼跟在后面的我们。

小店最多十平米，门口一个大土灶，上面架着两层大蒸屉，在潮湿的空气中冒着白烟。店里两张方桌，一对夫妻在灶前忙碌，二人既是老板又是厨师，还兼跑堂。店里也没菜单，因为只卖两样菜：粉蒸牛肉和粉蒸肥肠，以及自家泡的枸杞酒、青果酒。

粉蒸肉

《随园食单》记载：用精肥参半之肉，炒米粉黄色，拌面酱蒸之，下用白菜作垫，熟时不但肉美，菜亦美。

皇城坝

成都旧时的皇城坝是现在的天府广场一带，包括宽窄巷子，这里曾是八旗子弟的聚居地，饮食上以牛羊肉为主要肉食。

“那就各来十份！”文迪此话一出，众人吓了一跳。“放心，能吃完，怕是还不够”，老板一边搭话一边拿起个巴掌大的小蒸笼，再从旁边大缸里抓起腌好的牛肉放进小蒸笼里码平，揭开灶上的大蒸屉，放入小蒸笼。“很快就好”，怕我们催促，他先开了口。的确快，八卦还没聊两句肉就熟了。撒上一点辣椒粉、花椒粉、蒜泥和香菜，每人面前各放两笼：一份牛肉、一份肥肠。一口下去，所有人都不说话了。肉嫩味美，裹着薄薄的米粉，热气腾腾停不了口，两笼下肚，的确不够吃。又追加了几份，有会吃的还从隔壁锅盔店叫来白面锅盔，把刚出笼的粉蒸牛肉夹在锅盔里，一口下去，一副满足的样子。

将荤素食材裹上米粉入笼蒸食的烹饪方法并非川菜独有，湖北、湖南、江西、浙江、安徽、河南、陕西、福建的餐桌上都能觅见其踪影，江西在每年立夏那一天甚至有吃米粉肉的习俗。在成都，好吃的粉蒸肉通常藏在大街小巷的“苍蝇馆子”里，去大酒楼点这道菜是不懂吃的人干的事。不是说酒楼大厨厨艺不精，而是家常菜自然要去到家常小馆吃才相配，更何况有些小馆以专做蒸菜闻名，菜单上仅蒸菜就十几种，你说该去哪儿吃呢？

蒸菜在川菜中蒸的不仅是猪肉，还有粉蒸肥肠、粉蒸排骨、粉蒸鸡肉、粉蒸鱼，以及最有名的粉蒸牛肉。过去做这道菜拿手的店主要集中在皇城坝一带（现在的天府广场），旧时这里曾是八旗子弟的聚居地，满、蒙、回族人居多，日常饮食以牛羊肉为主要肉食，餐馆自然投其所好，烹饪各式牛肉菜肴招揽顾客。现在如果在大众点评上搜索“皇城坝”三个字，会搜出好几家以此为店名的餐馆，而唯有肖家河的皇城坝牛肉馆，是我每次回成都必定拉着家人去的。

粉蒸牛肉的制作并不复杂。将牛里脊切成薄片，刀锋与牛肉纤维保持垂直落刀。大米中加入两颗八角翻炒至微黄，冷却后的大米用料理机打碎。把豆瓣酱、泡椒、泡姜、醪糟、腐乳、酱油、色拉油混合成酱倒入米粉和牛肉中拌匀，腌制十分钟。蒸笼里垫上蒸笼纸，裹着米粉和佐料的牛肉平铺在蒸笼里，平铺的目的是使牛肉均匀受热。蒸锅中倒入适量的水，水开放入蒸笼，大火蒸二十分钟（蒸煮时间根据食材多少调整）。

通常，粉蒸牛肉在蒸煮过程中散发的香气就足以使人垂涎欲滴，上桌前再撒上辣椒粉、花椒粉、蒜泥和香菜，热气蒸腾下四种香辛料更是刺激人胃肠蠕动。迫不及待入口，麻辣鲜嫩、柔糯化渣。

与粉蒸牛肉的最佳配搭是一种叫白面锅盔的面食，将锅盔横刀切开夹着牛肉吃，风味更加独特。意大利的白披萨和北方的烙饼同白面锅盔的口感类似，前者的吃法与锅盔接近，可将粉蒸牛肉铺在白披萨上，后者则将牛肉卷入其中，那形式类似墨西哥鸡肉卷。在不容易买到白面锅盔的异乡，用这两种面食替代试试？

粉蒸牛肉

Meal

食材

牛里脊、大米、八角两颗、酱油、豆瓣酱、色拉油、泡椒、泡姜、醪糟、腐乳、辣椒粉、花椒粉、蒜泥、香菜。

做法

1. 大米中加入八角，炒至米色微黄，去除八角，待大米冷却后用料理机打碎。
2. 牛肉切成薄片，刀锋与肉纤维垂直落刀。
3. 豆瓣酱、泡椒、泡姜、醪糟、腐乳、酱油、色拉油混合成酱倒入米粉和牛肉中拌均，腌制十分钟。
4. 蒸笼里垫上蒸笼纸，将裹着米粉和佐料的牛肉平铺在蒸笼里。
5. 蒸锅中倒入清水（水量需多，以不触及蒸笼底部为宜），水开后放入牛肉蒸二十分钟。
6. 上桌前撒上辣椒粉、花椒粉、蒜泥和香菜。

第五章

关于鸡的前世今生

拼死一碗参鸡汤

四合院，大雨倾盆，哐当一声，屋门撞开，老爷子仅穿了条裤衩，赤裸着上身冲进雨里：“哇——浑身冒火啊，受不了啦，受不了啦，热死我了啊！”

老伴儿举着伞跟在屁股后面追：“老头子，你这是咋了啊，不要命啦？”邻居们也闻声而出，跟在后面想把老人拉回屋。无奈老爷子一身湿透，宁肯围着院子转圈死活也不愿进去。

二子原本在自己屋里复习准备高考。他不是读书的料，一翻书就瞌睡，这会儿睡得正香，迷迷糊糊被吵醒，撩起门帘一看，傻眼了：“爸，您这是要干啥啊？”抓起雨衣也追了出去。

“都怪你，哥，你给爸买的人参，他吃了就成这样了！”二子妹急得直哭。

“人参？什……么，你给爸吃了多少啊？”二子也急了，说话有些口吃。

“全都吃了！”二子妹抹了把眼泪。

“闹了半天是你小子，好啊，看我不打死你。”老爷子也不跑了，转身抓住二子就是一巴掌。

这是上世纪八十年代国产电影《父与子》中的经典一幕。片中饰演父子的演员也是现实生活中的一对父子：陈强和陈佩斯。两人堪称国宝级喜剧演员。电影看完我记住了天下有种叫人参的东西，它名贵稀罕滋补养人，关键时刻能救人一命，但也可能要人一命。

我的中医大夫是个八零后，姓王，人称小五，长得浓眉大眼精神帅气，颇有几分明星相。小五出生中医世家，其父乃知名老中医，医术精湛，早年在平壤大学授课，回国多年后还有韩国艺人追来，求开助颜药方。王老爷子膝下四千金，小五是唯一的儿子，自然子承父业，行医治病。

有阵子身体虚弱，琢磨着是不是应该吃点补品——那些小时候就听说过，却每每被大人一句“小孩子不能吃补品”断了念想的山珍海味，现在是不是可以光明正大地吃起来？眼前人参、鹿茸、阿胶排着队转圈，老板，每样都给来点儿吧。

立秋之后，某日见长白山新鲜园参上市，毫不犹豫下了订单，想像着几小时后就有一碗参鸡汤摆在跟前，心生各种期待。

参鸡汤

肉香中带有米香和药香，是最具代表性的韩国宫中料理之一。

忽又想起二子爹吃完人参后的反应，各种画面“刷、刷、刷”滑过脑海，有些坐不住，还是咨询下专家意见，可不想大半夜睡不着觉被人数落。

给小五发微信：“我可以吃人参吗？”很快，那边回：“不可以！”不甘心，又问：“为什么？”又回：“因为你是标准的少阳人体质，肝火本就旺，吃人参无疑火上浇油。”放下手机不敢继续问下去，否则显得不识好歹。可是，参也买了，鸡也买了，不吃的话算不算浪费呢？也想过送给周花花，但又怕前脚送出去，后脚就追人家里，厚着脸皮催她赶紧炖了，顺便也给我来一碗。

拿起参左看右看，提起鸡又放了回去，越不让吃越是馋。少放点儿，药效没那么大就不会有事吧？上网查了下，园参乃人工栽培，在人参界不算药效最厉害的，顿时免死金牌在手，点火开工！

用牙刷将鲜参上的泥土刷洗干净，取一半切片备用，余下放进冰箱冷冻，下回再吃。五个月大的柴母鸡份量按两人份计略多（参鸡汤一般用童子鸡），也仅取半只。糯米、红枣洗净，生姜切片，大葱切断，枸杞清水泡发备用。如此的上好食材一定要配上与之相搭的锅器，想起儿时家里一直用的荥经砂锅。

荥经地处四川雅安附近，那里出产的白善泥土质细腻，粘性强，秦汉时期就被当地人用来烧制各类锅器。白善泥原本是黄白色，工匠将它碾成粉末，按比例与煤渣混合成黑砂，再制胚放入1000℃以上的窑里烧制，最后淬火、上釉。荥经砂器造型古朴，表面呈现红、黑或银灰色的光泽，烹饪食物不仅能保证营养成分不流失，还能保持食物的原味，记得儿时各家各户的砂锅、药罐都是这类黑乎乎的锅器。

半只鸡放入锅中，人参、糯米、红枣、大葱、生姜、白胡椒原本应塞进鸡腹，但因仅用了半只鸡，就用两个炖料包分别装好，放在鸡身下。两个料包一个里面是人参、糯米、红枣——之后可食的部分；另一个装的是大葱、生姜、白胡椒粒——之后可弃之不用的部分。凉水入锅，添加至锅的三分之二高，盖上锅盖，开中火慢慢加热锅身。水开后，舀去浮沫，调至文火，盖上锅盖炖煮两小时。

最后五分钟揭开锅盖，倒入泡发好的枸杞，沸腾的鸡汤在锅里上下翻滚，上桌前再撒一小勺食盐调味。捞出装有大葱的料包丢弃掉，另一个剪开，将糯米、人参、红枣倒入碗底，鸡肉放在炖料上，鸡汤一勺一勺淋入碗中，此刻热气上升，空气里飘散着鸡香、米香、枣香和人参的清香。舀起一勺鸡汤，轻吹两下送入口中，人参的甘甜和鸡汤的鲜美交织，掰下一根鸡腿，鸡肉滑嫩脱骨，糯米已近融化，吸饱了鸡汤的油脂，也增添了鸡汤的浓稠。

很快两碗汤下肚，半只鸡仅剩鸡骨，连人参也挑出来嚼得干干净净。夜里怀揣心满意足又忐忑不安的心情洗漱上床，临睡前提醒家人，半夜如若见我燥热无眠心绪难宁，冰箱里有十只雪糕，请务必拿给我降温。靠在床头看美剧催眠，耳朵里响起小五大夫的忠告，那半根人参与我的肝胃脾此刻应处于什么状态了呢？迷迷糊糊沉沉睡去。一夜无恙，醒来已天光大亮，两眼一睁冲向梳妆镜，镜中人双眼惺忪面色如常。一点儿事儿没有！暗暗得意：哼哼，小五，看你怎么说。

一周后，又到了该去诊所见小五的日子，搭完脉，他一边写方子一边问："嫂子最近这是跟谁生气了吗？"

"哦？没有啊，为何这么问？"我暗自心惊，又故作镇定。

"是吗？"小五一脸狐疑，慢悠悠地说："怎么今儿搭你的脉比前阵子乱了不少呢？"

参鸡汤

Meal

食材

长白山园参1/2根、柴母鸡1/2只、糯米1/2杯、羌枣4颗，枸杞若干、大葱、生姜两三片，白胡椒少量。

做法

1. 人参切片，柴母鸡洗净擦干水分备用。
2. 人参、糯米、羌枣和大葱、生姜、白胡椒分别装入两个炖料包（如用整只鸡，塞入鸡腹即可）。
3. 所有食材放入砂锅，开中火，水开舀去浮沫，改文火炖煮两小时，起锅前五分钟撒入枸杞，关火后扔掉含大葱的炖料包，一小勺食盐调味。
4. 剪开装有人参的炖料包，倒入汤中与鸡肉一起食用。

厨师长的秘密

午后两点，赶到“成都映像”老店的时候，我比约定时间晚了半小时。作为川菜代表的这间餐厅的老店坐落在成都元华一巷一条极其普通的小街上，街道两边居民楼林立，餐厅位于其间并不张扬，但这并不影响它在当地餐饮界的地位。

此刻，结束午间营业的大堂安静整齐，厨师长张为坐在临窗的餐桌前休息。简短地自我介绍和寒暄之后，他把我领到餐厅后面一个隐蔽的区域，在那里他的手下已经将两张桌子组合成了一个临时的操作台，上面摆放着一个瓦斯炉、十三个调料盒组合成矩形方阵、一口炒锅和一盆事先切好并正在腌制的鸡丁。

“我先来示范宫保鸡丁的做法，然后你再照做一遍。”张为微笑着说。

张为，当地媒体称他为中国八零后川菜新锐。为他赢得这个赞誉的，不仅是他年纪轻轻就能在不乏名厨的“成都映像”担任厨师长，更因为2014年夏天，德国总理默克尔访华期间要求去“成都映像”学做宫保鸡丁，而当时为她上课的，正是张为。

作为川菜的代表菜之一，宫保鸡丁温和的“糊辣荔枝味”更容易被西方人接受，它酸中带甜，甜中微辣，鸡肉的滑嫩和花生米的酥脆相互映衬，口感丰富且温和。

“这道菜只要你严格按照步骤，控制好油温和火候，把握好调味料的比例，就一定能做好”，待我拍照结束，张为继续解释。

在川菜的二十四味型中，糊辣荔枝味位列其中，它是在荔枝味的基础上添加了微量的辣椒和花椒而形成的特殊风味。与酸甜味不同，荔枝味型讲究酸甜适中，糖与醋的比例和分量如若拿捏不准，极易做成糖醋味。而那淡淡的荔枝味道，唯有在糖少醋多的勾兑中方能呈现。糊辣的形成是干辣椒和花椒经过急火快炒而出，在短时间内要将辣椒的辣味融入鸡丁，对油温和火候的控制是成败的关键。

事实上，这道菜的每一道工序都与油温有着密不可分的联系：油酥花生米时，油温需控制在三成热时下锅；鸡肉的前期炒制，又需将油温控制在五成热；而最后的急火快炒阶段，油温又将相应地增高，而增高的幅度是多少，怎样才能将鸡肉炒熟又不让花生米失去酥脆，全凭厨师多年形成的手感和经验。

宫保与宫爆

最初由清朝四川总督丁宝桢所创。“宫保”是官衔，人们为了纪念他将这道菜取名为宫保鸡丁。因“保”与“爆”发音相似，后人误以为是宫爆鸡丁。

我站在操作台前，看着张为拿起一块鸡腿，利落地剃去鸡骨、鸡油，先竖切成条，再横切成整齐的小方丁，然后用刀身铲起放入碗中。“鸡丁要提前用蛋清、料酒、色拉油和少量的老抽码味，目的是让鸡肉上色，也更嫩滑入味”，张为一边搅拌鸡肉一边说。等待鸡肉入味的空隙，他又指着事先炒好的花生米说：“油酥花生米要彻底晾凉才能使用。”我瞄了一眼调料盒里个头均匀，外皮无任何破碎，并且色泽统一的花生米，忍不住捻起一颗送进嘴里。那是花生刚断生，多一分就焦糊，少一分又涩口的坚果类炒货的香味。做出这样的成色，花生米要在油温三成时就下锅，开小火慢慢用锅铲推动花生，当听见锅里传出爆裂声时，“请在心里数七秒，就可以出锅”，张为说。

然后他拿起一个小碗：“现在我来教你兑碗芡。”

与平日里炒制其他菜肴时依次放入调味料不同，宫保鸡丁的调味料是事先勾兑好，最后一并下锅，一次上味而成。那一碗混合调制的佐料，称为碗芡，它包含两勺料酒、两勺盐、两勺半糖、四勺半醋，五勺水豆粉和少许的胡椒，这个比例不是恒定的，“你需要根据鸡腿的数量和个人的口味调整”，张为说。

很快，鸡肉腌制的时间到了，张为打开瓦斯炉，在锅中倒入色拉油，一只手不时地伸向锅里试探油温。“来，你试试”，他示意我把手伸进锅中，“感觉到了吗，这个就是五成热的温度。”我伸出右手尽量贴近锅底油温的部分，细心体会五成和三成、十成油温的区别，“三成热就是你的手指可以伸进油里，不会有任何伤害，而五成时手指下去会有一点烫，如果十成热，除非是你不想活了，否则还是不要把手伸进去。”张为笑着说。我恍然大悟，快速缩回手掌，仿佛再试下去就离死不远了。

“接着需要继续开小火保持这个油温，同时倒入鸡肉，将鸡肉炒至表面泛白，就可捞起来放在一边沥干油备用”，张为边操作边解释。

只见他把火势稍稍调高了一些，再起油锅，姜片、蒜片、花椒入锅炒出香味，然后放入干辣椒翻炒几下，倒入鸡丁快速翻炒的同时放入葱弹子（大葱切成子弹头大小），炒出葱香后倒入碗芡中的调料，略微翻炒放入花生米，最后淋上少量的醋。

不过几分钟，一道宫保鸡丁就摆在了面前，在白色葱弹子、黄色姜片、红色花生米和辣椒的烘托下，盘中的鸡丁油亮诱人。夹起一块鸡肉放入嘴里，口感嫩滑，酸甜微辣，很是开胃；又夹起一颗花生米，不由自主发出了一声惊呼，经过二下油锅烹制，它依然保持着香脆的口感。

“你来试试吧！”张为走到一旁亮出操作台。

花生和鸡丁已提前备好，先从碗芡开始，我心里默念着调味料的比例，严格按照张为传授的方子勾兑料汁。点火先炒鸡丁，接着再起油锅放入葱蒜等配料，最后是鸡丁、葱弹子，倒入碗芡，起锅前放花生米和少量的醋。

怀着忐忑的心情，我把自己的宫保鸡丁端到张为面前等待他的评价，“不错，下次可以把盐的分量加多一点儿，稍微淡了些”，张为说。

“那么，和我那位德国师姐相比呢？谁做得更好？”我好奇地打探。

张为哈哈一笑：“她啊，只是在一旁观摩了全过程，尽管她跃跃欲试，但出于安全的考虑，她的手下根本不敢让她上灶尝试。”

宫保鸡丁

Meal

食材

鸡腿肉、花生米、大葱、生姜、大蒜、干辣椒、花椒、胡椒、食盐、白糖、水豆粉、香醋、老抽、料酒。

做法

1. 花生米用三成油温炒熟，彻底晾凉后备用。
2. 鸡腿去骨，剃掉杂质和鸡油，切成鸡丁提前腌制，腌制时放入蛋清、料酒、少量的色拉油和老抽上色。
3. 取一个干净的小碗勾兑碗芡，包括两勺料酒、两勺盐、两勺半糖、四勺半醋，五勺水豆粉和少许的胡椒。
4. 锅中倒入适量色拉油，油温五成热时下鸡丁，炒至八成熟后起锅，沥干油备用。
5. 再起油锅，放入少量色拉油，将油温控制在七八成热，先放入姜、蒜、花椒炒出香味，再下干辣椒翻炒数下，倒入鸡丁翻炒的同时加入葱弹子，炒出葱香后，碗芡全部下锅，翻炒均匀，起锅前加入花生米和少量的醋。

快意恩仇棒棒鸡丝

餐桌上摆着一盘咖喱海鲜、一盘蔬菜水果色拉和一盘棒棒鸡丝，三个女人掏出手机对着它们狂拍一气。这是一个寻常的夏日中午时分，一场号称“三枝花和一只耳”的厨娘聚会。

“三枝花”是午餐的客人，以聚会之名来检验一只耳的厨艺。一只耳至今没想明白的是，不知是巧合还是有意，这三个人的名字都有一个“花”字，分别是周花花、葵花和小花。“三枝花”都是资深厨娘，各自做得一手好饭菜，但这并不妨碍她们四处考察各家厨房和餐桌的热情。

那一天的情形是这样的，拍照环节告一段落，葵花前辈一屁股坐在餐桌旁，手指着那盘棒棒鸡丝说：“我只要这一盘菜就够了，一只耳麻烦你帮我泡一杯茶，再来一碗米饭。”什么意思，难道那盘高大上的咖喱海鲜和酸甜可口的蔬菜水果沙拉就这么让你难以下咽？一只耳感觉内心微微地颤抖了一下，碍于主人的身份，还是泡好茶

白脯

白脯的做法最早出现在1400年前（《齐民要术》中有记载），后来失传，川菜中的“棒棒鸡丝”，似有异曲同工之妙。

水盛好米饭，笑眯眯地双手奉上。

回到餐桌一看，周花花正夹起一筷子棒棒鸡丝送进嘴里，一边吃一边喜滋滋地对旁边的小花说：“好好吃啊！”小花抬起头，筷子朝着火红的鸡丝而去：“一只鸡要撕得这么细得多费事啊。”

餐桌另一头，听见两人对话，一只耳不禁暗笑：“哈，你们都被骗了。”

“什么？难道不是鸡吗？”小花吃惊地瞪大了眼。

“棒棒鸡丝当然是用鸡肉，只不过不必用完整的鸡，用鸡胸肉也是一样的。”

“可是鸡胸肉口感很柴的，怎么做到软嫩入味？”

“用木棒敲啊，要不怎么叫棒棒鸡丝呢？”

棒棒鸡丝是川菜中的一道著名凉菜，顾名思义，烹饪过程中的确会用到木棒（擀面杖）。在中餐烹饪史上有一道用木棒敲打制作的名馔，叫白脯，《齐民要术》如此描述白脯的做法：“选用牛、羊、獐、鹿的精肉，切片成张，入冷水浸，抛掉血水至水清方止。再将盐水和花椒投入浸肉，浸两夜后取出阴干。到半干半湿的时候，用木棒轻轻地打，让肉坚实。”棒棒鸡丝的做法与白脯有相似之处，可是最早的棒棒鸡丝出自谁手？他或她又为何想出用敲打的方法来改变鸡胸肉的口感？这一切都无据可查，但经过棍棒相加后，原本肉质粗老柴干的鸡胸肉确实变得松软，并且也更易入味。

做这道菜总有一种江湖儿女快意恩仇般的感受。快，是指这道菜做起来方便快捷。恩、仇，是指大块的鸡肉用木棒锤打时，手起棒落虽不如手起刀落那么英雄气概，但木棒敲击肉身时发出的闷响，也多少有些将心中郁闷发泄出来的痛快。嗯，叫你在卧室抽烟，捶一下；做好了饭叫半天也不上桌，捶一下；说好了去看电影又爽约，捶一下；再熬夜就不给你饭吃，最后捶一下。差不多了，紧致的纤维经过捶打松软了，木棒扔一边，把肉撕成丝，再搭配葱丝、笋丝，酌以酱油、陈醋、蜂蜜、芝麻酱、红油、花椒、黑芝麻拌匀，请，要不要再来杯冰啤?

棒棒鸡丝
Meal

食材

鸡胸、大葱、笋丝、料酒、生姜、食盐、酱油、陈醋、蜂蜜、芝麻酱、红油、花椒粉、黑芝麻、鸡汤（高汤）。

做法

1. 锅中加入适量清水，水开，鸡胸肉、两片生姜、一勺料酒同时入锅，煮十五分钟左右关火。撒入适量食盐，盖上锅盖用余温将鸡肉彻底焖熟。
2. 捞出鸡肉，放入事先准备好的冰水中浸凉，鸡汤备用。
3. 大葱切丝，笋丝提前泡发，加盐煮断生后切成5cm长的小节，放入盘中垫底。
4. 凉透的鸡肉用擀面杖轻轻锤打数次，撕成细丝铺入盘中，表面盖上适量葱丝。
5. 取一小碗，将酱油、陈醋、蜂蜜、芝麻酱、红油、花椒粉、黑芝麻、鸡汤混合均匀后淋在鸡丝上。

少女的自杀与脱骨的凤爪

费了很大的劲，一只耳才挣扎着从床上坐了起来。厚重的窗帘缝隙隐约透出一丝光线，电子钟显示五点四十五分，天快亮了。

迷迷糊糊穿过走廊打开浴室灯，抬起水龙头开关，哗哗的水声搅动起清晨的寂静。一只耳双手合拢捧起流水，反复扑洒在脸上，北方冬日冰凉的自来水穿透毛孔直达神经。直到被刺骨和清冽憋得快透不过气来，她才关上水龙头。梳妆镜里，脸上的眉毛被水冲刷后一根根耷拉下来，偏离了正常的方向，看起来怪异而滑稽。一只耳长出一口气抓起毛巾擦干脸上的水渍，定睛看着镜中的自己，逐渐清醒过来才意识到，刚才那个一身黑衣的女子和那只像鸟爪一样的手，不过是梦境中的画面。

梦里的一只耳和玛丽坐在同一辆车里。玛丽一边开着车，一边跟旁边的一只耳有一句没一句地扯着闲话。车行进在成都的顺城街上——那是人民商场被那场著名的大火烧毁之前的顺城街，道路并不宽敞，两边商店、饭馆鳞次栉比。饭馆都是些小饭馆，商店也是些路边摊，卖的是服装鞋帽，但大都是吼货（店家靠吆喝售卖的便宜货）。每隔几家就会看到悬挂着黄色粉联纸的大字报，上面的字笔触粗壮毛糙，内容无非是“亏本甩卖”、“大减价”之类。有感情丰富的老板会写出“泪洒顺城街，吐血价清仓”，为了突出惨状，“血”字特意用红色毛笔书写，在一排黑字中显得触目惊心，仿佛吃不饱饭的老板已瘫软在门口的台阶上，手里捏着几张十元钞票，嘴角往外冒着血沫。但实际上，此时的他正坐在店门口的麻将桌前斗志昂扬。“血”嘛，的确是出了一些，刚刚的清一色才听牌就点了个一炮双响，逼得他极不情愿地拉开鼓鼓囊囊的腰包，从一袋子的钞票中抽出两张百元大钞扔了出去（成都人把钱叫“血”，市井的说法）。

行人越来越多，车只能一点点往前挪动。一只耳百无聊赖地看着窗外发呆，不远处的路边几个男人仰头向上，其中一人急切地挥着手大叫着什么。一只耳的目光随着他手挥的方向抬眼望去，顿时心跳加速，不由地也伸出手指着天空对一旁的玛丽说：“那边，有人跳楼。”话音未落，一个身穿黑色长裙的女子从空中落了下来。女子头朝上，双脚并拢双手张开，缓慢地往下坠，在快接近车窗高度的一瞬间，一只耳看见女子低垂的脸庞白皙紧致，双眼无神又忧伤地盯着自己，目光交汇，不禁打了个寒颤。

“快救人！”玛丽一边手握方向盘躲避来往行人，一边焦急万分地说。“已经跳了”，一只耳说出这话的时候，感觉声音是从另一个人嘴里发出的，而自己已被定格在刚才的时空中。

行人开始朝着出事的方向聚拢，车愈发不能前行，远远听见救护车的鸣叫。“我们去医院”，玛丽调转车头果断地说。

车在医院门口停下，一只耳跳下来：“你去停车，我先进去！”说完转身冲进大堂。

病房里，几名医生和护士围在床前，黑衣女子的脸被挡在其中，一只耳站在门口，只能看见女子的下半身和耷拉在病床边的右手。她的眼睛刚瞄向那只手，惊魂未定的脸上再次露出大骇的神情，毫无血色惨白无力的手指表皮皱起，呈现出一圈一圈的圆环纹路，指甲又尖又长，这哪里是人类的手，分明是一种巨型鸟类的爪。仿佛知道一只耳正看向自己，那微微翘起的食指，神经性地向上抖动了几下，一只耳惊得扭头往外跑，迎面撞见停好车匆忙赶过来的玛丽。“人没死，还活着”，一只耳抓住玛丽的胳膊，两个人一屁股坐在医院走廊间的椅子上。

梦醒后的头两天，一只耳不知道该不该把这个梦告诉玛丽，一方面觉得这个梦实在有点怪异，想找人分享，另一方面又怕吓着

玛丽。到了第三天，一只耳决定拨通玛丽的电话。听完一只耳的讲述，玛丽问：“你是哪天夜里梦见的？”“三天前。”那边沉默片刻，说：“那天下午女儿的同学跳楼了，的确也没有死。”电话这头，一只耳握着电话半天没出声。

之后很长一段时间，一只耳去菜市场都会不自觉地避开生禽摊位上那一盘盘白生生的凤爪，而这之前，尽管知道有些人对凤爪、鸭掌之类的东西与生俱来地抵触，而她对此从来没有过任何的心理不适。

凤爪，鸡的爪子。因为富含胶原蛋白、谷氨酸和钙质，有软化血管和美容的功效。炖汤时扔几个，两小时后它释放出的胶原蛋白会使清汤浓稠，口感香浓。常去广州的那几年，每次喝早茶都会点一份虎皮凤爪，广东人将它先煮后炸，再用冷水浸泡，最后淋上酱汁和香料上笼蒸。

川菜中常见的吃法是卤凤爪和泡椒凤爪，前者用各种卤料煮至断生，再浸泡一定时间入味，待冷却捞起来，拿在手里慢慢啃。先从指尖啃起，咬下第一个关节，舌头与牙齿相互配合，皮和骨即可分家，慢悠悠吐出骨头来，嘴里剩下的是脆弹的皮肉。

啃凤爪和啃兔头是成都女人夏季夜晚的保留节目。通常是下班路过凉菜摊，顺便买回一袋卤凤爪或卤兔头，晚饭也省了，洗好澡舒舒服服往沙发上一躺，昨天的美剧看到哪儿了？一边接着看，一边抓起凤爪啃得津津有味。很快，面前摊开一堆骨骼，一幅凶杀案现场碎尸灭迹的场景。

让一只耳百吃不厌的是酸辣爽口的泡椒凤爪。凤爪开半放进加入姜和料酒的清水里浸泡四五个小时去除腥味，然后入锅加少量盐煮十分钟，捞起来入冰水冷却。接着调制料汁，一瓶野山椒倒入凤爪中，加入适量白糖、花椒、洋葱、芹菜，以及切成薄片的柠檬和切成圆圈的小米椒和小青椒，最后掺进纯净水，将凤爪全部浸没其中。凤爪与料汁充分拌匀后，放入冰箱冷藏三四个小时，待凤爪入味后就可取出食用。用浸泡的方法制作泡椒凤爪通常耗时较长，若想立即享用，可将凤爪脱骨后用酸辣鲜露取代野山椒凉拌。酸辣鲜露是从野山椒与海南黄椒中取汁浓缩而成，酸味清爽，辣味平衡，浓缩的配方能使食物快速入味。

为凤爪脱骨的感受类似医学院学生上解剖课。请先准备一把锋利的小刀或剪刀，从第三根趾骨开始，用小刀在趾骨背上划开，然后捏住趾骨的最前端，从爪尖向掌心方向推送，直到将骨头推出。凤爪后方的大骨则是由掌心沿骨头的方向划一刀，从末端往掌心方向推挤。相比趾骨，拆解大骨更容易一些。

泡椒凤爪

Meal

食材

凤爪、芹菜、洋葱、小青椒、小米椒、柠檬、酸辣鲜露、花椒油、食盐、白糖、清汤、生姜、料酒、大葱适量。

做法

1. 凤爪剪去趾甲后清洗干净，放入清水浸泡三四小时，水中加入料酒和生姜去腥。
2. 浸泡后的凤爪入沸水焯一下捞起，水倒掉不用。再将清水烧开，放入凤爪、姜片、大葱、少量的食盐和料酒煮十分钟。
3. 捞起凤爪放入冰水中快速降温，然后用自来水反复冲刷至凤爪里外彻底凉透，沥干水分脱去大骨（趾骨脱骨较难，可以保留）。
4. 芹菜撕去老筋切成小段，洋葱切块，小米椒和小青椒切圈。
5. 酸辣鲜露、白糖、花椒油混合后掺入清汤，搅拌成料汁。
6. 凤爪、芹菜、洋葱、小青椒、小米椒全部装进容器中，倒入料汁拌匀，静置二十分钟左右即可食用。

一条
还魂勾魄
鱼

第六章

新股民的水煮鱼

三水姬是一家知名网络公司的高管，长得性感美艳，特别是那张脸，极其上相，挤在一堆明星中也不逊色。一只耳第一次看照片就被那张脸吸引，忍不住问，那个站在巩俐旁边的妖精是谁？中间人答：就是想见你的那位。

三水姬想见一只耳那会儿，一只耳刚开始写美食，第一篇文章《烟笋牛腩及周花花的口福》被三水姬看到，一个留言扔给了周花花：你还认识这样的人啊，不行哦，要叫出来会会。

三水姬与一只耳是老乡，自然少不了四川人爱显摆厨艺的毛病，所谓“会会”，有切磋厨艺交个朋友的意思。

两人第一次见面，约在三水姬家，另有周花花和向葵花作陪。出门前一只耳仔细捯饬，服装发型化妆颇费心思，既要得体大方看不出精心搭配的痕迹，又不能拖泥带水真像个厨娘一样显得小家气，毕竟要见的是白骨精（白领、骨干、精英）中的妖精，姑且不论厨艺，气势上要先把那妖气降住才好。

临近中午，一只耳按响了三水姬家的门铃。大门一开，一股油烟味扑面而来，三水姬身穿居家服腰系花围裙站在门边神情严肃。周花花赶紧过来介绍，三水姬面露疑惑，脑袋一歪，吐出一句“看起来很正常嘛”，转身就又进了厨房。一只耳一边跟“两枝花”寒暄，一边暗自思忖，自己的文章到底哪里显得不正常了，给人留下这么个印象？

午餐极其丰盛，众人不免对三水姬的厨艺夸赞一番，其中一道香水鱼很得向葵花欢心，追问做法。一只耳吃了一口即心中有数，碍于第一次见面，又是做客，不好戳穿，只等着看三水姬怎么答。三水姬夹了一块鱼，说，这个，简单，买一包现成的料照着说明做就是。向葵花不干了，说，厨艺就是要从头到尾自己做，买现成的料怎么能算自己的手艺？三水姬满不在乎，说，好吃就行了，搞那么麻烦做什么？听完三水姬的话，一只耳心想，这人看起来像个妖精，但说话爽快，性情耿直，很投脾气，这个朋友算是交下了。

转眼一年过去，又一年春尽夏至。三水姬给一只耳打电话，炒股票是不是在网上银行账户里买卖就可以？一只耳正骑着自行车给外甥女送饭，一个急刹跳下来，说，你要干嘛？那边答，股市这么火，憋不住了想开户。一只耳一听事情有点大，把车架好，坐路边严肃地说，有涨得欢天喜地，就有跌得哭天喊娘，你可想好？那边满不在乎，说，不用担心，只拿点儿小钱玩玩，姐行走江湖多年，这点儿承受力还是有的。

半个月后女人们聚会吃火锅，三水姬最后到。刚落座，一只耳问，怎么样，赚了没？三水姬笑，让我先吃两口慢慢说。桌上众人听出端倪，举杯道，来来来，欢迎加入股界。三水姬一饮而尽，放下酒杯开始说，昨日才刚买，高人指的路。来电话先问旁边有人吗？然后说悄悄告诉你三只，下午开盘就买，买完别看，只管等我电话叫你卖，肯定赚。众人忙问，赚了吗？三水姬掏出手机打开软件，看，全部是红的！一只耳抢过来随手一划拉，再一看，扔给三水姬，说，看清楚了吗？三水姬一脸疑惑，说，刚刚明明是红的。一只耳回，那是昨天的，你没刷新。众人大笑，问，到底哪三只？三水姬答，××××××、××××××，还有一只工商银行。众人狂笑再举杯，来来来，欢迎为国接盘！三水姬被笑懵了，道，会亏吗？一只耳问，买了多少？答，三万。又问，每只三万股还是总共三万股？答，总共三万元！一桌子人想拔腿散了，真心没法聊！

话说那香水鱼，一只耳是懂得怎么做，只是有时贪图方便，也跟三水姬一样买现成的料，但做出来的味道与自家配料明显有所不同，所以那日在三水姬家，一口下去就能吃出鱼佐料出自哪个品牌。

香水鱼其实就是水煮鱼，是商家为了迎合大众追逐新鲜的心理，想出来的新名字。用以做水煮鱼、酸菜鱼的鱼一般选用草鱼或鲤鱼，便于片成鱼片，而鱼头和鱼骨，一只耳喜欢用来煲汤，加入冬瓜或白菜，就是一锅洁白鲜美的鱼头汤，而不是像通常的做法那样，放入水煮鱼中熬底汤，那样做有点浪费材料，因为明明可以一鱼两吃的。

水煮鱼

Meal

食材

草鱼、绿豆芽、豆瓣酱、辣椒粉、花椒粉、干辣椒、胡椒粉、花椒、生姜、大蒜、香菜、料酒、芡粉、清水、食盐、白糖。

做法

1. 新鲜草鱼去头去骨，片成鱼片备用。
2. 绿豆芽洗净，备用。
3. 豆瓣酱剁细，生姜、大蒜剁碎，干辣椒切成短节。
4. 鱼片装入碗中，加料酒、芡粉、白胡椒、少量食盐腌制二十分钟。
5. 锅中放油，油热先将绿豆芽下锅煸炒断生，撒上少量食盐，即可出锅装入碗中垫底。
6. 锅中再放油，油热依次放入豆瓣酱、花椒、干辣椒、姜、蒜，炒出红油后加入清水（水量以刚淹过鱼片为宜）烧开。再将鱼片倒入，煮至鱼片颜色变白，起锅前放入白糖调味。
7. 将锅中食材倒入碗里，辣椒粉和花椒粉撒在表面。
8. 洗净的炒锅中再次倒入菜油，烧热后淋在辣椒粉和花椒粉上，上桌前摆上香菜装饰。

炖鱼汤重点不是炖

南方人爱喝汤，这里的南方不仅指广东一带，长江以南都应算上。上世纪八九十年代以前，粤菜还没挺进内陆时，四川人喝的汤除了鸡汤、排骨汤、连锅汤等荤菜硬货，每顿饭必备的多是素菜汤，比如番茄蛋汤、白菜豆腐汤、丝瓜汤、菜头汤。有一款给懒人准备的，叫紫菜汤，简单到不用下锅，用开水一冲，撒上盐和香油就可以了。后来广东人来了，唱粤语歌、吃海鲜、喝煲汤成了时髦，汤的花样也多了。

广东人煲汤实在讲究，有些材料像中药，没在广东生活过，不知道怎么处理，学也学不像，一般不自讨没趣，只挑简单的做。炖鱼汤四川人一般用鲫鱼，洗干净先用油煎一煎，去掉腥气，再入砂锅加姜、葱、水、料酒、几颗花椒，开大火把水烧开，然后改文火煨一小时，起锅前撒点白胡椒和盐。因为简单，是很多人家里的常备，有些还加了豆腐同煮，叫鲫鱼豆腐汤。也有讲究的，煨三四个小时，端上来汤白如乳鱼肉细腻，三圣乡荷塘月色的何去餐馆就有

这道菜，晚上去吃，上午就要打电话预定，厨师午饭后开始准备，等人到齐刚好上桌。

以前跟西门媚去她的一个女同学家，吃到一道用鲫鱼汤煮的白菜，至今难忘。鲫鱼汤炖成乳白色，用纱布滤尽鱼肉和鱼骨，只取其汤。白菜切成极细的丝，用滤好的鲫鱼汤煮熟，吃在嘴里兼有鱼汤的鲜和白菜的甜，美味得不得了。

喜欢喝鱼汤跟从小的味觉培养有关。幼时体质不好，父母想出办法给我补充营养，鲫鱼熬汤，鱼刺挑尽后，鱼肉与鱼汤一起煮粥，一直吃到三四岁。鲫鱼刺又小又细又密，至今我都嫌烦吃不干净，父母为了女儿的健康，一点点用手将刺拣干净，其耐心和爱心可窥一斑。

鱼汤炖出乳白色，除了炖煮的时间要足够长，鱼事先用油煎透也是诀窍之一。煎鱼是门技术活，油温火候没掌握好，鱼皮极易破，炖出来的鱼烂糟糟的，偶尔鱼刺还会掉进汤里，喝急了卡喉咙，跟要死了一样难受。有用姜把锅底先擦一遍再下鱼煎的说法，试过几次，没什么用。妹妹家的东北阿姨教了一招，锅里先放油加热，用热油把锅底均匀地过一遍，倒出热油放一边不用，再往锅里倒入少量的冷油，开小火下鱼慢慢煎，中间给鱼翻个身。试了试，有点儿管用。

炖鱼汤
Meal

食材

鲫鱼、虾、黑木耳、姜、大葱、花椒、料酒、盐、白胡椒。

做法

1.黑木耳泡发，姜切片、大葱切小段备用。
2. 鲫鱼去除内脏和鱼鳃，洗净后用厨房纸擦干表面水分。
3. 砂锅里倒入约1500ml水量，放入姜、大葱烧开。
4. 同时另一炉点火，平底锅里倒入适量油，转动锅底，让油均匀涂抹锅壁。油温七八成热时将油全部倒进碗里，锅里再倒进少量的冷油，开小火，放鱼进去煎。
5. 将两面煎好的鱼放入砂锅，一勺料酒，几颗花椒。水开后改文火煨一小时至汤色乳白，依次放入虾和黑木耳煮熟，关火前放适量盐和白胡椒调味。

过水之鱼与无鱼之面

年轻的时候，我们靠星座指导人生，现在，我们靠常识判断事物。

事情是这样的。在成都，距离春熙路不远有一座桥，叫东风大桥。桥的东北角有个小区，是电力设计院的家属区，我在那里住过一阵子。我现在住在北京，家附近也有一座桥，这里的桥和那里的桥不同，桥下没水，是立交桥。他们以桥为坐标指路，某某桥下左转掉头往西，或某某桥上往北直行，经常犯晕，因为我分得清左右，搞不懂东西。北京有很多这样的桥，这没什么稀奇的，但我家附近的桥叫东风北桥，这让我联想丰富。

我在成都东风大桥附近住的时候，有一天骑车路过附近的均隆街，正值饭点儿，路边各种餐厅开门迎客。我一边骑车一边打望（四川话，指东张西望。），看见一家叫巴蜀味苑的餐厅里客人最多，于是把刹车一握，对同行的人说，要不就这家吧？

我们走了进去，在角落找了个位置坐下，点了店里的招牌菜——蘸水兔和豆瓣鱼。蘸水兔是道凉菜，带皮的兔肉煮熟后蘸着调料吃。我吃了两口，兔肉嫩滑，蘸汁鲜辣，觉得味道不错。但我的胃口实在不大，于是果断地放下筷子等待服务员把鱼端上来，因为我对豆瓣鱼尤其热爱。很快，鱼上桌，我夹了鱼肚子上的一坨肉吃，鱼肉细腻入味，综合了豆瓣酱、泡辣椒、泡姜的香气，酸辣开胃，我可以一口气吃掉一整条。

那天我的确一个人干掉了一整条，心满意足地走出餐厅，与同伴就此别过。当然，那时我无法料到十多年过去的某个夏天，离乡背井多年之后，我会被两位美食界专业人士再次带到这家餐厅。

两位分别是《四川烹饪》杂志的主编王旭东先生和川菜博物馆的主事大厨汪杰先生。那段时间我在给《四川烹饪》供稿，听说我回成都，王主编安排饭局，介绍汪大厨给我认识。车一到餐厅门口，我就愣住了，没想到在这个新旧更替快如刷屏的时代，这家餐厅依然还在。

照例点了豆瓣鱼。鱼上桌，王主编指着盘子里的鱼说，你知道为什么这家的鱼肉特别细嫩吗？我自然不知。“他们处理鱼的方法不是清蒸，而是过水。一斤多重的草鱼放进高汤，控制火势，保持高汤的温度在80℃至90℃之间把鱼煨熟，再捞出来淋上豆瓣酱和泡椒炒制的调料”，王主编说。

这是我第一次听说用“过水”这种方法处理鱼肉，颇感新奇，但同时凭常识判断应该没有那么简单，低温加热可以保持鱼肉的细嫩不被破坏，但如果没有别的步骤，又如何去除草鱼的腥气呢？这之间一定有个关键步骤被王主编遗漏了，可能他也未必知道，毕竟在竞争激烈的餐饮界，各家手上总有一些秘密不便公开，这也无可厚非。

回京后没几天，王主编传来一段视频，央视记者采访了巴蜀味苑的老板李先生，李老板详细介绍了过水鱼的处理方法，其中那关键的一步他不吝赐教——过水的高汤中加入了醪糟，也就是上海人说的酒酿。

豆瓣鱼一般选用草鱼，这种鱼虽然廉价但肉质松疏，便于入味。江湖上常听见一种论调，说川菜擅长处理不值钱的食材。这也没什么不好，高档食材最适合用简单的方法烹饪，对一个热爱烹饪的人来说，那显然是不过瘾的，将普通的食材做出意想不到的效果，才是烹饪的至高境界。比如这道豆瓣鱼，用过水的方法处理后，鱼肉的鲜滑细腻程度，来一场盲吃，有几个人能猜出它是草鱼呢？

大骨汤提前熬好，香菜、姜、大葱洗净下锅炒香，掺入骨头

汤熬十几分钟后加入醪糟，中火煮二十分钟，捞出残渣，仅剩汤底。草鱼背上划开几刀，放入汤里盖上锅盖煮三分钟，捞起来。豆瓣酱、泡椒、泡姜、大蒜剁碎入油锅炒出红油，加适量的盐和水烧开，少量白糖调味，勾芡起锅淋在鱼上。最后，吃剩的鱼汤不要急于倒掉，煮点儿面条拌进去就是一碗鱼香面，那是童年记忆中的一抹淡彩。

我的童年在一个叫内江的小城度过，张大千在那里出生，他十八岁时离开，比我十岁时离开晚了八年。内江是丘陵地带，坡度起伏和缓，楼宇层叠错落，一眼望不穿。一眼望不穿的地方总是让人越想看穿，越是想看穿，越是看不清，平白生出神秘之气。城中一条沱江穿城，江里虽然水产丰富，但在那时鱼的价格并不便宜，不是可以随意消费的，所以吃鱼的那天，小孩子就很是开心，像过节一样。

内江人做鱼，豆瓣酱放得不多，主要用泡椒和泡姜调味，鱼吃完，汤汁留到下一顿当作面条的调味料。所以，谁家这顿吃鱼香面了，就意味着上一顿一定是吃鱼了——这个认识一直固执地留在我的脑子里，直到有一天被全盘推翻。

我的同学小静与我是上下楼邻居，有天放学路过她家，小静爸爸站在门口抽烟，看女儿回来笑脸相迎：“快洗手去，我们吃鱼香

面。”我一听这话站住了，因为早上上学路上小静才向我炫耀了前一天晚饭她吃的鱼香面，怎么中午又是鱼香面，这家人为何能顿顿吃鱼呢？

不由自主跟在小静后面进了她家厨房，小静爸爸卷起衣袖，烧热菜油，把剁好的泡椒、泡姜倒进锅里翻炒之后，把调味汁均分到几个碗里，又架起一口锅烧水煮面。我不甘心地问：“鱼呢？”小静爸爸看我一眼：“鱼？什么鱼？我们吃的是‘鱼香’面！”我恍然大悟，悻悻而去，觉得这个长辈实在不太靠谱，很长时间都没有改变对他的印象。

过水豆瓣鱼

Meal

食材

草鱼、大骨、香菜、大葱、生姜、小葱、醪糟、豆瓣酱、泡椒、泡姜、大蒜、食盐、白糖、芡粉。

做法

1. 大骨汤提前熬好。香菜、姜、大葱洗净下锅炒香，掺入骨头汤熬十几分钟后加入醪糟，中火煮二十分钟，捞出残渣，仅剩汤底。
2. 草鱼背上划开几刀，放入汤里盖上锅盖煮三分钟，捞起来装盘。
3. 煮鱼的同时，豆瓣酱、泡椒、泡姜、大蒜剁碎入油锅炒出红油，加适量盐和水烧开，少量白糖调味，勾芡，撒上葱花起锅淋在鱼身上。

一条不凉的凉拌鱼

前阵子回成都，朋友聚会去了家吃鱼的餐厅。餐厅以做鱼为主，做法也是常见的家常做法，如水煮鱼、豆瓣鱼、酸菜鱼之类，但其中一道凉拌江团特立独行，引起了大家的兴趣。通常鱼这种肉类要吃其鲜嫩，必趁热下筷，温度降低后肉质会逐渐变老，凉拌的鱼肉会是怎样的口味，厨师又有什么诀窍能保证煮熟的鱼肉放凉后还能肉质滑嫩？实在想不出来，决定叫一份尝个鲜。

席间的朋友估计也跟我一样想法，鱼一上桌，总共才七个人吃饭，四双筷子就迫不及待地伸了出去。夹了块鱼肉放嘴里，并不凉，温热，鱼肉鲜嫩，青椒和花椒的香气混杂，入口清爽开胃，非常好吃。很快鱼肉被一扫而光，盘中只剩佐料和汤汁，小妹过来打算撤走空盘，被阻止："这个汤汁还要，换个小碗装好端上来。"一道菜被吃成这种境界，是对厨师的最高赞美了吧？尽管菜名和实际并不相符，但意外收获一道美食，挑剔的吃货们也没脾气较真了。

回北京后凭借记忆复制了这道不凉的凉拌鱼。江团是产于长江的鱼鲜，北京市面上难觅踪影，换了肉质细嫩的鲈鱼代替。为了色泽更加青绿养眼，舍弃了酱油，仅用盐调味。调料中的青椒是四川著名的辣椒二荆条，回北京时带了一大包，取四根剁碎，配搭少量的红辣椒增色。新鲜嫩姜也是从成都带回来的，剁碎了与蒜茸混合。嫩姜在北京的菜市场也有卖，但品种不同，更辛辣，不如四川的柔和。餐厅的那道鱼明显使用了花椒油调味，正好带了当季的青花椒回京，就直接用青花椒炼制后的油炒了酱汁。

做法分两步进行：蒸鱼和炒酱汁。新鲜鲈鱼两面划开几刀，提前用少量的盐和料酒腌制十五分钟，水开后上屉，大火蒸八分钟，关火后焖一会儿再取出鲈鱼，装进干净的盘子备用。焖鱼的同时炒酱汁，将青椒、红椒、姜蒜、香葱全部剁碎。起油锅，油温七成左右时放入青花椒，煎至颜色发黑后捞出来弃之。依次放入剁碎的姜蒜、青红椒，炒出香味后加入适量的水，水开勾薄芡，以盐、糖调味，起锅前洒入葱花，最后将酱汁淋在鱼身上。

凉拌鲈鱼

Meal

食材

鲈鱼、青椒、红椒、鲜姜、大蒜、香葱、青花椒、食盐、白糖、料酒、芡粉。

做法

蒸鱼

1. 新鲜鲈鱼两面各划三刀，用盐和料酒腌制二十分钟。
2. 冷水上屉，大火蒸八分钟，关火备用。

炒酱汁

1. 青椒、红椒、姜蒜剁碎，香葱切成葱花。
2. 锅中放适量的油，油温七成时放入青花椒，煎至颜色发黑后捞起来弃之不用。
3. 依次将剁碎的姜蒜、青红椒下锅炒香，加入适量的清水，水开后盐、糖入锅调味，勾芡，最后撒入香葱拌匀。
4. 鲈鱼取出装进干净的盘里，将酱汁淋在鱼身上，即可上桌。

藿香还魂鱼勾魂

前些天连续雾霾，不敢开窗。以前三伏天有空调、风扇，现在要加一样——空气净化器。地球人去外太空的日子渐行渐近，最后都要穿盔甲戴面具背着氧气瓶出门压马路。到那时饭也不用做，每人每天三颗胶囊，分别代表一日三餐，厨娘也彻底解放去做媚娘。

雾霾来的时候窗外一副烟雨凄迷的样子，一半的楼宇看不清，人和车就在灰纱帐里晃来晃去。听起来很浪漫，有不知死活的闺蜜嚷嚷："好啊，过几天正好可以过来感受一下。"这头的人手握电话晕头转向，因为视野不清平衡失调，头上顶着个钟形罩，她的话敲在玻璃罩上，激起金星一片。

这种中暑般的感受不敢说出口，怕家中老人知道后笑眯眯地追过来："来来来，喝瓶藿香正气水马上就好。"我是喝，还是不喝呢？童年时有年暑假发高烧，被一位亲戚逼着吃藿香正气丸，从此结了

藿香

藿香的食用部位一般为嫩茎叶，为野味之佳品，可凉拌、炒食、炸食，也可做粥。

仇，记恨到现在，每次见他都没好脸色。印象中与藿香沾边的东西都类似砒霜，不是给人治病的，是来要人命的。

有一年假期回成都，女友开车来接，路上问："想吃什么带你去。"还没等我开口，她已罗列出一堆美味，说着说着突然一拍方向盘："啊！有了！带你去吃藿香鲫鱼！"

——啊！谢了！我！不去！！！

女友从未见过我情绪如此激动，惊慌之下小心翼翼轻声安抚："好嘛，不去就不去嘛，不过，真的很好吃啊！"语气里夹杂着遗憾，一副恨我不懂吃，还自以为是的鄙视表情。怎么才能让她明白我面对藿香两个字时的惊恐和生理不适？

雾霾天尽量少出门，上网闲逛，看到有生鲜网在卖新鲜藿香，眼前浮现出当年女友说起藿香鲫鱼时垂涎欲滴的表情。又想起，如今混迹厨娘界，不能如此狭隘和没见识，咬咬牙，来一份！如果不好吃，看我怎么收拾你。

第二天送到，打开一看，绿油油颇有几分姿色，闻一闻，一股以前从未体验过的清香之气钻进鼻孔，跟那什么水什么丸不是一个味儿。怎么做？一查发现很简单，跟做豆瓣鱼、泡椒鱼等家常鱼接近，无非是把葱换成鲜藿香，喜欢搞搞新意思的人顿时来了兴趣。

鲫鱼买回家要好生打理，特别是鱼腹两边的黑膜，要一点点抠干净，露出白白的鱼肉才算好。鱼背上各划两刀，撒上料酒抹匀。大蒜切片，泡椒、泡姜、豆瓣酱剁细。先把鱼煎一煎，然后下料炒香，加水，水开把鱼放进去煮熟，起锅前勾芡，最后把藿香切细撒进去。热气腾腾中藿香的特殊香味直窜口鼻，有多特殊？很难描述，因为找不到类似的味道做参照，总之与藿香正气水不是一个味儿。说半天，到底好吃不好吃？好吃，不好吃已经找女友算账去了，费这么多口舌在这儿干嘛呢？

自那日浅尝新鲜藿香后，对它散发的气息有些欲罢不能，难怪川西、川南的人们烹制鱼鲜时喜欢把它当作香料使用。据说有几年成都风靡一时的冷锅鱼，其中除了青花椒，藿香也是形成其独特风味的主要调料之一。不仅如此，民间还有拿它泡茶煮粥的说法，因为藿香有除湿健脾、提神醒脑的功效。想起灵异小说里常提到的还魂汤，会不会就是这藿香熬制的汤水呢？

藿香鲫鱼

Meal

食材

鲫鱼、藿香、泡椒、泡姜、大蒜、花椒、豆瓣酱、食盐、料酒、淀粉、白糖。

做法

1. 鲫鱼洗净擦干水分，背上各来两刀，一勺料酒均匀涂抹在鱼身上，搁一旁腌十分钟。
2. 泡椒、泡姜、大蒜、豆瓣酱分别剁细，藿香切碎，备用。
3. 锅中倒入油，油温六七成热，鲫鱼入锅煎一煎去除腥气，捞出备用。
4. 锅中再次倒入适量油，油热依次放入花椒、大蒜、豆瓣酱、泡椒、泡姜，炒出香味后加入适量清水，水量以淹过鱼身三分之二为宜。
5. 水开后放入鲫鱼，大火煮七八分钟，中间将鱼翻个面。鱼快熟时少量盐和白糖调味，将鱼捞出装盘。
6. 剩下的汤汁勾芡，待汤汁浓稠，把切碎的藿香撒下去搅拌均匀，连汤一起淋在鱼身上。

点心和泡菜的秘密花园

第七章

一场狼狈慌张的成人礼

人生总是这样，遭遇一些事一些人，有些是来陪伴你的，有些是来搭救你的，还有一些是来唤醒你的。在每一个四川小孩的身后，都站着一位引领自己进入麻辣王国的启蒙者，他们同一只耳的小婶类似，以“谁让你是四川人呢”为由，怀揣恶作剧的心理，成功实施了一场毫无仪式感的成人礼。

还是个孩子的时候，一只耳并不知道辣椒的滋味。她被安排坐在距离餐桌两米外的竹椅里，面前的方凳上摆放着两个搪瓷碗，一个里面盛着米饭，另一个用来盛菜。菜式非常丰富，口味保守统一，所有的调味在盐、糖、酱油之间按大人们的心情组合转换。回锅肉、麻婆豆腐是酱油和糖；番茄丸子汤是盐和糖；粉蒸排骨、水煮肉片是盐、酱油和糖。在有限的味觉体验期，这样的菜式对一只耳的胃口没有造成任何困扰，她吃得津津有味手舞足蹈。

直到有一天她爬上大人们的餐桌，指着中间一个碗里的肉问

“这是什么”之前，一只耳从不知道在距离自己两米开外的桌子上，相同菜名之下呈现的是截然不同的另一番景象。在那个圆形餐桌中央的白色菜碗里装着满满一碗肉片，它们内外兼修肥瘦相间，在一种叫蒜苗的绿色蔬菜的映衬下，微微卷曲，发出红亮的光芒。

这是什么？一只耳指着碗里的肉问。回锅肉，小婶头也不抬地回答道。一只耳有些迷惑了，为什么它看起来和自己碗里那个也叫回锅肉的东西完全不一样？因为这里面放了辣椒（豆瓣酱），小婶边吃边说。我可以吃吗？一只耳问。可以，小婶夹起一片肉刚要送到一只耳嘴边，奶奶蓉芝在餐桌另一侧大叫：不能给她，你想辣死她啊！小婶吓得手一缩，那片肉调转方向进到自己嘴里：算了，你还太小，不能吃辣的。

一只耳急得满脸通红，扭转身子撅着嘴冲蓉芝撒娇：为什么不给我吃？我要吃啊！话音未落，蓉芝已扔下手里的碗筷扑了过来，一把把她抱离餐桌，道，那是大人吃的，辣死了，小孩子不能吃。边说边往她手里塞了一块糖：乖，去后院玩儿。一只耳用糖堵住嘴，勉强把后面的问题塞了回去，她想问的是：什么是辣？都死人了，你们大人为什么还要吃？

一只耳的小婶在东边的化工厂上班，三班倒，每逢晚班那天，她五点出门，骑一小时的自行车，从西到东，赶到厂里正好是食堂

开卖晚饭的时间。出门前小婶会加个餐——那时没有下午茶，但那个时间点的加餐就是现在的下午茶，只是吃的是中午的剩饭。

四点一刻，一只耳准时听见小婶的房门被拉开，从客厅的老式木地板开始，到后院的青石板路，高跟鞋踢踢踏踏的声响由低沉到清脆，一路变换延续，最后消失在后院尽头的厨房。接着是铝制饭锅被揭起，锅盖与锅相撞的声音，饭勺与锅底摩擦的声音，饭勺在碗沿边轻轻敲击的声音。当一阵水声传来的时候，一只耳知道小婶的茶泡饭做好了。

一只耳趴在布满牵牛花的院墙下学写字，上下前后左中右，一笔一划照着父亲的笔迹描，写到“后”字的时候，高跟鞋越来越近，小婶端着饭碗一屁股坐了下来。一只耳埋头继续写“左”，一横，一撇，一横，一竖写到一半时，旁边稀哩呼噜的声音传进耳朵。

一只耳握着笔，抬头望向小婶的饭碗，淡黄色的茶泡饭上横陈着一根红艳艳的泡辣椒。小婶咬一口辣椒，往嘴里送一口饭，上下颌匀速运动，食物穿过喉咙吞咽下腹，鼻尖渗出细小汗珠，两颊绯红。一只耳看得目不转睛，不由地吞了泡口水，指着辣椒问小婶，这个，好吃吗？好吃，小婶夹起辣椒递到一只耳嘴边，你尝尝。一只耳张开口，轻咬一下，一股火热的汁水冲入她细嫩的口腔，沿舌尖流淌，似引索被点燃，火焰窜出双颊直冲耳根，一只耳扔下笔捂着嘴跳了起来。小婶递过来一缸凉茶，道，快喝水。一只耳捧着茶缸大口往里灌，火势仍高，一缸子茶水全部下肚，火势才逐渐减弱。

小婶端起饭碗一边继续享用自己的下午茶，一边慢悠悠地教育一只耳，说:“这个辣椒你迟早是要学会吃的，谁让你是四川人呢?有了第一次，第二次就没那么辣了，慢慢你就会喜欢它，离不开它，谁让你是四川人呢？”一只耳似懂非懂，目光涣散。小婶瞄她一眼，夹起辣椒又递过来，说，再试一试，咬一口送一口饭。一只耳小心翼翼地咬了一丁点儿，同时往嘴里塞了一大口米饭，屏住气息快速地嚼，快速地吞咽，火焰在未被彻底点燃之前被推进食道，她长出一口气舔舔嘴唇，舌尖上依然残留着滚烫的火种，只是没有第一口那样来势汹汹猝不及防。一只耳又往嘴里塞了一口米饭，一番狼吞虎咽，才慢慢缓过劲儿来。

看着她狼狈慌张的表情，小婶满意地点点头，站起身准备出门上班，临出门时不忘回头叮嘱，说，会吃辣椒的事，先别告诉你奶奶啊。一只耳点点头，舔了舔火热的嘴唇，拿起笔继续写“左”字剩下的那半竖，写完，才是最后的一横。

她一边写一边暗暗得意，心想，原来大人们平时吃的菜就是这个味道，原来奶奶说的死，是辣死的死，不是死人的死。如果奶奶关于小孩子不能吃辣的言论成立的话，那么能吃辣的小孩是不是就不应该算小孩了呢？既然不算小孩，为什么还要听小婶的话？想到这里，一只耳愈发得意起来，嗯，等会儿奶奶回来就告诉她，自己已经是大人了，以后要吃跟大人一样的东西，你们的餐桌有我的位置，你们的菜有我的一份，你们碗里的回锅肉有我的一片，谁也休想让我再坐回小竹椅去！

主意打定，一只耳开始写“中”，一竖，一横，一竖，一横，一竖，这个字念“中”，她重重地点了一下头，大声地读：中！

辣椒酱
Meal

食材

红辣椒、色拉油、大蒜、花椒、食盐、白糖。

做法

1. 红辣椒去蒂洗净，晾干水分，用料理机打碎成中等粗细，加入蒜茸、花椒、食盐、白糖混合均匀。如有紫苏，可取一两片撕碎扔进酱中，紫苏香味浓郁，加入其中可添香，制成紫苏辣酱。
2. 玻璃瓶洗净晾干，用高度白酒洗刷瓶壁消毒后装入辣椒酱，最后倒入色拉油封瓶。放进冰箱冷藏，二十四小时后可食用。

泡菜开花生出魔咒

洗澡泡菜是四川人餐餐都离不开的小菜。早餐喝粥要它配，中午吃碗面，也要摆一小碟清清口，晚餐就更不用说了。吃完各类重口味火锅，一边端起蛋炒饭，一边冲着服务员叫开了："小妹儿，捞点儿泡菜！"

在四川人的厨房里，没有泡菜坛几乎是不可想象的，这家人不是外省人就是外星人，没有泡菜的餐桌如何清剿川菜的油腻，抚慰被各种麻辣刺激的味蕾？泡菜在川菜中的地位堪比西餐最后上来的甜点——不用它压个轴，这顿饭就跟没吃完一样。

四川泡菜分两种：一种为老泡菜，多当佐料使用，如泡椒鸡杂、泡椒牛蛙、酸豇豆炒肉，以及外省人熟悉的酸菜鱼等，用的都是这类浸泡时间长，一般要泡个十天半月的泡菜，时间再长一些，就是泡菜爷爷了，又酸又咸，炖汤时用来提味，比如酸萝卜炖老鸭，直接食用是万万下不了口的；另一种叫洗澡泡菜，顾名思义，泡的时间短，洗个澡你能洗多久？这类泡菜短则一天，长则两三天即可食用，上面说的四川人餐餐离不开的就是这类。

泡菜好吃也好做，但不好伺候。稍微不小心，开坛盖的时候坛沿水溅了几滴进去，下次起盖一看，生花了。筷子沾了油污，没洗净进了坛子，又生花了。小时候因为马虎搞坏泡菜坛水没少挨大人数落。也是邪了门，别人怎么翻动它，它都挥挥衣袖半点尘埃不沾身，一坛汤色清又亮，低到尘埃里也开不出半朵花，但是，只要今天这泡菜是我捞的，我妈基本不用看就知道坛子里面肯定要生花。那时候“捞泡菜”三个字对我来说就是魔咒，很长时间完全不敢碰那坛怪物。

所谓的“泡菜生花”是指沾了生水或油的泡菜水里会长出一种霉菌。处理方法很简单，倒进一点儿高浓度的白酒就能解决，但这个方法也不能无限制使用，加的次数多了，吃起来有股酒糟味，只能全部倒掉重做。那几天餐桌上泡菜断了货，一家人眼巴巴地看着你，最怕不知情的客人雪上加霜：“幺妹儿，把你家的泡菜捞来点儿噻！”嗯，好的，叔叔你慢慢吃，我回房写作业了。

成年后嫁为人妇，洗手下厨做羹汤，寻思着要把泡菜带进小家庭，祖祖辈辈往下传，至少不要在我这儿断了线，以后见到长辈不好交代。正如一方水土养一方人，一坛泡菜离开了适宜的环境，要

做成功也不是那么容易。不知道是水质还是气候的因素，在北京试验了多次都以失败告终，好在有颗从哪里跌倒就要从哪里爬起来的心，有一天居然在一本上海人办的杂志上看到一种不用泡菜坛也能做出来的洗澡泡菜，当即抄下方子，回家摆开架势严格按部就班，没想到居然成功了。味道和泡菜坛做出来的没有差别，而且这方法绝不会生花。

所有的步骤只有两点与用泡菜坛不同：一是器皿用的是密封性强的玻璃瓶，不是泡菜坛；二是做好以后放冰箱冷藏，不是放在室内常温下。玻璃瓶的密封性高出泡菜坛无数倍，不用担心坛沿水干了滋生细菌的问题。低温冷藏，霉菌生长需要的温度不复存在，杜绝了生花的可能性，即便不小心用了沾有油荤的筷子也没事。就是这么简单，他们说念念不忘必有回响，在我这儿，这一响不仅解决了家族问题，还解开了自小一直笼罩在我身上的魔咒。

洗澡泡菜
Meal

食材

红白萝卜、莴笋、青红辣椒、彩椒、长豆荚、蒜薹、藠头、鲜姜、圆白菜等茎类蔬菜。
八角、花椒、桂皮、冰糖、食盐、白酒、纯净水、野山椒。

做法

1. 食材洗净晾干，萝卜莴笋切成长条，青红辣椒用针扎数个小孔，长豆荚卷曲打结，蒜薹切成小段，生姜、圆白菜掰成块。
2. 在洗净无油的锅中放入八角、花椒、桂皮、生姜、冰糖，倒入清水煮开后小火熬十分钟，关火，加入食盐晾凉。
3. 玻璃瓶洗净，不能有任何油污，自然晾干后倒入白酒，晃动瓶子，用白酒将瓶子内壁洗刷一遍，然后倒掉白酒，倒扣瓶子晾干。
4. 把晾干的食材（表面没水）逐一放进玻璃瓶，加入半瓶野山椒（或一小碗老坛水），再将之前煮开晾凉的原卤倒入，漫过所有食材，最后撒适量的食盐，盖上盖子，放入冰箱，两三天后即可食用。

三种辣椒两种油

我是在湖边的露天茶馆认识黄世俊师傅的。这是一个人工湖，四周环绕着成片的高楼，湖被包围其中。茶馆紧邻湖畔，木桌竹椅，藏匿于绿荫掩映下，青花盖碗里茉莉花茶芳香四溢，我靠在椅背上深深地吸了一口气。

严格地讲，这不是一间纯粹的茶馆，它是一家叫“转转会”的川菜馆的后院。在成都，喝茶和吃饭几乎是同步进行的一件事。人们相约见面总会提前约定：“我们在××地方见，先喝茶聊天打麻将，然后再吃饭”，或者是：“我们先吃饭，饭后可以在那里喝茶聊天打麻将”。不少餐厅老板在选址时，将这个地方是不是方便另设茶馆作为必备条件之一考虑，而一些不做餐饮只卖茶的老板，则会联络周围的小吃店、小餐厅，一到饭点儿，送上各家菜单供茶客挑选外卖服务。

严格地讲，黄师傅不算厨师，因为他并不上灶掌勺，他在“转转会”只负责干一件事——炼制红油。

黄师傅在成为川菜馆师傅之前的大半生，与餐饮这行没有一点儿关系。这个乐山人在建筑公司工作直到退休，如果不是自己的侄子在餐厅上班，如果不是这个侄子有一天无意间在老板面前提起姑父的厨艺如何了得，如果这个老板不是一个热衷寻觅各种民间美食的饕餮之徒，黄师傅现在应该待在乐山老家含饴弄孙，与大佛为伴。

所有的如果都是事后的假设，正如所有的注定都是回头看的必然。人从出生之日起，走过的每一步，遇见的每个人，经历的每件事，都早有定数，这就是所谓天意，文雅的时候我们管它叫缘分。

黄师傅与后厨的缘分是这样被激活的。一天，侄子领着老板杜先生去到黄师傅家，在品尝了黄师傅的众多手艺之后，杜先生对一碗面条赞不绝口，而导致那碗面条勾走杜先生魂魄的，是漂浮在上面的红油。“那红油太香了”，杜先生说。

深谙美食的杜先生当然知道红油之于川菜的意义。一份地道的辣味川菜，无论凉菜热菜，端上桌色泽是否红艳，口味是否香辣，都与红油脱不了干系。所不同的是，热菜的红油通常是将豆瓣酱下锅炒制后提炼出的漂亮色泽，而凉菜的红油则需事先专门炼制。杜先生那日倾心不已的红油属于后者，也是四川人常说的“红油辣子”，它被用于各类凉菜、面条、小吃，比如红油抄手、钟水饺、担担面、鸡丝凉面等等。

被杜先生的诚意说服的黄师傅很快收拾行囊离开乐山，穿上洁白的厨师服，跨进“转转会”凉菜房的大门，成为了一位专管炼制红油的师傅。

黄师傅炼制红油的方法说起来并不复杂，与很多加入了各种香料炒制而成的红油相比，黄师傅的方法可谓“洁版”，尤其是原味红油的制作，秉承的几乎是老一辈四川人都知晓的步骤：辣椒粉提前装入容器中，菜籽油烧至熟透后关火，让油温自然冷却三五分钟，再全部倒入辣椒粉里，慢慢穿透沉淀。辣椒粉经热油渗透洗炼，上下浮沉翻滚，香气诱人。

但简单的方法并不意味着平庸的味道，恰好相反，它带来的往往是出人意料的惊喜，而这惊喜的背后，是对材料的讲究和制作方法的细微差别。黄师傅在辣椒粉的选择上经验丰富，三种品种的辣椒相互调和。传统的四川二荆条负责红油的香气；新一代河南辣椒色泽艳丽，以保证成品红亮诱人；云南小米椒则为其增添辣度。三种干辣椒淋上油菜籽油小火慢炒，直至相互碰撞发出清脆的声响，颜色也较之前略深时，关火晾凉舂成粉。辣椒粉需手工舂成中等粗细，只有石臼与石棍的反复撞击，才能激发出辣椒皮的粘性，使其变得饱满丰盈。这样做出来的红油，辣味和香味柔和醇厚，是机器研磨的辣椒粉无法比拟的。

油的选择只挑上等的油菜籽油，这是一种不饱和脂肪酸含量仅次于橄榄油的植物油，它独特的香味使川菜成为天下人趋之若鹜的美食不可或缺的砝码之一。它的缺点是加热以后油烟较大，好在现代的压榨制油工艺已经最大程度地改善了这个问题。

对黄师傅而言，制作红油最讲究的步骤在于对油温的掌控。油温过高，红油焦糊味苦；油温过低，又无法激发出辣椒红素和辣椒粉的香气。最适合制作原味红油的油温是75℃左右，这之前需要先将油菜籽油在锅中烧到油泡全部破裂，刚刚冒出白烟，然后关火，让油温下降到伸手接近油层，感觉不到烫的程度。而专用于凉菜的红油，则需要将油温提高到80℃至90℃之间，这是因为凉菜红油的辣椒粉要提前用老油浸湿，这样做的目的是为了让辣椒粉更好地释放出红色素，同时也能防止因油温过高，红油出现糊味。

除了凉菜红油制作时的温度与原味红油有所不同，炼油时使用的材料也更加丰富。洋葱、大葱、生姜、芹菜、香菜，这些香辛类蔬菜同时入锅，与油菜籽油相互作用，最终形成香味复杂的熟油。使用这种熟油做出的红油的确会分解掉原味红油纯粹的香气，但口味层次更加丰富，色泽更加浓郁，最适合拌凉菜时使用。相比两种红油，黄师傅对原味红油的热爱溢于言表："作为红油，它的香气更加单纯醇厚。当然这只是个人口味的问题。"

事实上原味红油也没有辜负黄师傅对它的宠爱。两年前的一天，几个扛着摄像机的人主动找上门来。在这之后的某一个夜晚，打开电视，在那个红遍全国、记录各地美食的纪录片《舌尖上的中国Ⅱ》中，只见黄师傅身穿厨师服，从容地面对着镜头，将一勺生的油菜籽油淋洒在三种辣椒上，而这个动作，正是炼制原味红油的第一步。

原味红油
Meal

食材

四川二荆条辣椒、河南新一代辣椒、云南小米椒、油菜籽油、熟芝麻少许。

做法

1. 二荆条、河南新一代、云南小米椒按3∶5∶2的比例，分别剪断成节，放入炒菜锅中，淋上少许生菜籽油小火炒至辣椒发出清脆的声音，色泽较之前略深后关火。
2. 辣椒晾凉，舂捶成中等粗细的辣椒粉，装入容器中，表面撒上熟芝麻备用。
3. 锅中倒入油菜籽油，小火加热至油泡全部破裂，刚冒出白烟即可关火。
4. 油温冷却到75℃左右后，将油倒入辣椒中，勿搅拌，让其慢慢渗透辣椒。
5. 静至二十四小时后装入瓶中保存，可用于红油抄手、钟水饺、鸡丝凉面等小吃。

凉菜红油
Meal

食材

四川二荆条辣椒、河南新一代辣椒、云南小米椒、油菜籽油、芹菜、香菜、大葱、洋葱、生姜、芝麻、老油。

做法

1. 三种辣椒提前制作成辣椒粉备用（详见原味红油第一步）。
2. 适量的老油（放置数天的原味红油）掺入辣椒粉中拌匀，全部辣椒被油浸湿。
3. 锅中倒入菜籽油，洋葱、大葱、芹菜、香菜、生姜同时入锅，小火煎出香味，蔬菜表面起皱后即可捞出弃之。
4. 油温冷却到80-90℃，倒入湿的辣椒粉中，静待二十四小时后可使用。多用于各类凉拌菜，如棒棒鸡丝、夫妻肺片等。

从前

刚刚过去的那个早晨恍若梦中，一只耳牵着小Q在林子里散步。自春天开始的每个清晨，一只耳都会牵着小Q出现在楼下小树林里。大多数时候天空澄净蔚蓝，旭日将金色的光线投射在枝桠的最高处，勾勒出一圈明晃晃的曲线。但是刚刚过去的那个早晨阴沉而潮湿，天色虽然明亮却不明朗，已是夏天却有些凉意，泥土表面隐约覆盖着一层青绿，像南方乡下随处可见的青苔。一只耳在林子里闲荡，听巴赫无伴奏小提琴组曲，熟悉的旋律让她想起从前认识的一个人。

从前，在距离成都六十八公里外的青城山，有一个男人来到这里，包下大片土地，打算种植猕猴桃。他中等身材，毛发浓密，说话声音低沉浑厚。待在城里的时候，他在一家进出口公司工作，闲暇时种花养鱼。他在自家屋顶建造了一个半露天半室内的花园，不出差的日子就呆在里面研究种植技术，他种的兰花，花期总是比别人家的更长，花苞也更多。很快，他就不满足只在空中修枝剪叶，

他想踩在地上——厚实的土地上，成片的果实挂满枝头，那样的景象刺痛着他的心。

他召集来附近村子里的村民，带着他们开荒育土。站在属于他的那片土地的最高处，指着山坡下已经竖立起来的一排排猕猴桃架，他挥斥方遒：“这下面，你们目光所及的地方，以及那些你们看不见的地方，很快都将结满猕猴桃。我们要让它们长成国际标准，送去外国赚美元。”

村民们群情激动，捧出几坛青城山乳酒，分到每个人碗里。那是用山里的野生猕猴桃酿造的甜酒，在去往山顶老君阁的路上，它们被装在葫芦形的酒瓶里卖给游客。那天夜里，他喝醉了，看着月色下整齐排列的猕猴桃幼苗，觉得自己就像那些电影里农庄的男主人，而女主人正朝着他的方向奔来。

此后不久，朋友领着一个女人来到了他的猕猴桃园。那天和平常日子一样，没有什么特别。女人是朋友的朋友，一家时尚杂志的主编，从北京来。她站在他的面前，波西米亚人一样长及腰间的黑色卷发，淡紫色轻纱花裙，微笑着跟他打招呼，眼睛乌黑发亮。他瞬间被一团柔软的东西包裹住了。

一整天，他领着女人和朋友在他的土地上闲逛，从这个山坡走到那个山坡。在坠满猕猴桃果实的树下，他耐心讲解猕猴桃和奇异果的分别。他告诉她，一百年以前那些新西兰人把猕猴桃带离中国，在他们的土地上培育出了一种叫奇异果的果实，它的表面比猕猴桃更光滑，维生素C的含量也更高，个头也更大。现在他要做的，就是种出与新西兰奇异果一样品质的猕猴桃来。女人听着他的讲述，伸手触摸那些挂在枝头，尚未成熟，硬得像石头一样的绿色果实，想起一部叫《云中漫步》的电影，那些浪漫的镜头与眼前的景象让她有点恍惚。

晚饭后，开了一天车的朋友早早睡下。女人答应了男人的提议，明早再下山回城。夜幕中，他们坐在园子里喝酒闲聊，蚊虫在女人的手臂上留下了好几个红色印记。空气中有浓浓的肥料臭味，她把头靠近肩膀，努力嗅了嗅，希望早晨的香水能掩盖住那些臭气，但是，没有用。女人有点儿后悔放弃了城里五星级酒店舒适的浴缸和柔软的大床。

时间越来越晚，一个男人和一个女人，相互还不熟悉，能聊的话有多少呢？男人在抽烟，话题依旧围绕着土地转圈，从屋顶上的兰花讲到各种果树的栽培技术，土壤与植物的关系，气候与植物的关系，人与植物的关系。女人渐渐觉得无聊，又不好意思打断，脑子里惦记起即将到来的伦敦时装周和巴黎时装周，那是时尚界的盛会，自己到底应该如何亮相？她的生活离这个农庄实在太远了，那些下午脑海里冒出来的浪漫画面，不过只是画面而已。漫漫长夜，她的眼皮开始打架，对面那个男人谈兴未减，她站起来去洗了个冷水脸。男人总算觉察到她的疲惫和无奈，说，困了，就回屋睡吧。她像得到了赦免令一样，立即道了晚安回屋。

女人睡下后，男人独自坐在园子里，望着满园的猕猴桃抽烟。他也逐渐意识到，他们是不同世界的人。他一整天脑子里幻想的场景——丰收的果园，采摘的村民，美丽的女主人捧出丰盛的晚餐等待他归来的画面，永远不会在他们之间出现。他起身回屋，一边走一边关掉所有的灯，路过朋友的房间时，推门看了看，那个善良的人睡得正香，他不会知道自己的哥们儿在过去的这一天，内心燃起了多少希望，又经历了怎样的无奈。

猕猴桃色拉
Meal

食材

猕猴桃、牛油果、红菜头、生菜叶、薄荷叶、红菜头汁、蛋黄酱、橄榄油、黑胡椒、食盐。

做法

1. 猕猴桃、牛油果去皮切片。
2. 红菜头去皮切成条，加少量清水煮至断生，捞出控干水分备用。
3. 生菜叶、薄荷叶洗净备用。
4. 取适量煮熟的红菜头，用料理机打碎成红菜头泥，与蛋黄酱、橄榄油、黑胡椒和食盐混合成酱汁。
5. 最后将所有食材摆盘，淋上酱汁即可食用。

猕猴桃柠檬汽水

Meal

食材

柠檬汽水、猕猴桃、柠檬汁、薄荷叶、蜂蜜。

做法

猕猴桃、薄荷叶切碎放入料理机，滴入新鲜柠檬汁、蜂蜜、柠檬汽水，搅拌打碎。柠檬汽水事先冰过，所以不用加冰块。这种口味的汽水很多品牌都有生产，一般超市都可买到。

卯辰时分的秘密花园

你从美国回来，转机借宿我家。清晨五点，我们相继醒来，他们还在沉睡。我们轻声下床，摸黑走进厨房。落地窗外街灯昏暗，万籁俱寂，楼宇之上云影游动，远处的玻璃外墙映射出东边的光亮。

我们各捧一杯热水对坐在餐台前看向远方。屋子里安静极了，静得谁也不想开口说话，连我们最爱的音乐都不忍播放，在太阳升起之前，任何美妙的乐声都是对寂静的打扰。

我们置身寂静之中，看晨曦笼罩的世界越来越亮，万物慢慢发光，你跳起来对着窗外按下快门，我坐着不动依然沉默不语。良久，你扭转身子，开口说了这个早晨的第一句话："明白了你为何总起那么早。"

我含笑起身打开音响，为你选了张专辑《Out Of Africa》，那是你们曾经最爱的电影。太阳已经升起，悠扬低沉的弦乐在空气中回荡。是的，我是在某个偶然的时刻发现了黎明的美好，在这之前的很多年，我只知道深夜的模样。

在没有你的早上，我独自一人也是这样看着窗外发呆，待天光大亮，焚香浇花煮壶咖啡打扫屋子。天气好的时候，下楼沿河道奔跑，迎着北方深秋的微风，步伐轻盈好似飞翔。清晨的河水因风皱面，迎面撞见的人神采奕奕，小吃摊前炉火正旺，面包店里咖啡飘香，这样的景致都不是深夜的模样。

深夜的街头是宿醉的男子与憔悴的女子，是从酒吧里窜出的拉布拉多，它一路狂奔。正在讨论学术的艺术家们闻风而动，沿四环，他们追逐吼叫，拉布拉多跑得更欢了，他们追得更疯了。如此的荒谬与癫狂，是暗夜里闪烁的烛光，在暗得没有边际的夜里，是一个人与一群人的对话。

但清晨是一个人与自己的对话，是无人涉足的秘密花园。熟知你的一切人与你熟知的一切人都在熟睡，你走来走去起身坐下，问自己些问题，又自圆其说地给予解答。在黑夜里你也问过同样的问题，但暗夜只给你晦涩的意见。在五点至九点的卯辰时分，是解答那些问题的好时候，迎着朝阳，所有的困扰迎刃而解，所有的疑惑都是自寻烦恼，尽管九点以后世界复苏，谁也无法确定，那些答案还是否有效。

天气不好的日子里，就待在厨房熬锅白粥，蒸碗蛋羹，把发酵了

十小时的米浆倒进模具，入笼屉上炉灶，等待它凝固成熟，在北方的餐桌上开出南方的花。等待米糕出炉的时刻，翻几页书，写几行字，瞄一眼朋友圈，异国的友人在互道晚安，艺术家和创业者发完感慨还在梦里痴缠，和你一样早起的人们相互问候点赞。早餐依次上桌，红白相间勾人食欲，一个生机勃勃的早晨，一切看起来都充满了希望。

米糕

1. 将发糕预拌粉按照说明书中提示的比例，加入水和白糖搅拌均匀，倒入面包机或酸奶机，发酵至少十小时。
2. 发酵的米浆倒入模具，放入蒸锅中，水开后大火蒸十分钟。

香菇鸡蛋羹

1. 鸡蛋充分打散后调入温水或高汤，按1∶1的比例混合均匀，倒入容器，用滤网过滤掉表层泡沫。
2. 香菇切片放进蛋液，蒙上保鲜膜。
3. 冷水上屉，大火蒸七八分钟，关火焖两三分钟后取出，淋上生抽食用。